Barbara Frischmuth
Die Klosterschule

Roman

Rowohlt

114.– 116. Tausend Februar 1998

Veröffentlicht im Rowohlt Taschenbuch Verlag GmbH,
Reinbek bei Hamburg, November 1979
Copyright © 1978 by Residenz Verlag,
Salzburg und Wien
Alle Rechte an dieser Ausgabe vorbehalten
Umschlaggestaltung: Nina Rothfos
(Foto: Corstiaan Jansen)
Gesamtherstellung Clausen & Bosse, Leck
Printed in Germany
ISBN 3 499 22452 6

Eine rechte Jungfrau soll sein und muß sein
wie eine Spitalsuppe, die hat nicht viele Augen,
also soll sie auch wenig umgaffen.

Abraham a Sancta Clara

Ora et labora

Wir, Angehörige der katholischen Jungschar, Zöglinge des Klosters, Schülerinnen der Ober- und Unterstufe, beten täglich und gerne: das Morgengebet vor Tagesbeginn, das Schulgebet vor Schulbeginn, das Schlußgebet nach Unterrichtsschluß, das Tischgebet vor und nach Tisch, das Studiengebet vor und nach dem Studium, das Abendgebet am Abend;

bei der hl. Messe, der wir mindestens zweimal pro Woche beiwohnen und die uns nicht nur Pflicht, sondern auch Bedürfnis ist, mit den Augen oder mit dem Mund – was soviel wie still, für sich, oder laut, mit den anderen, bedeutet – aber in jedem Fall mit dem Herzen:

das Stufengebet, den Ps. Judica, das Confiteor, den Introitus, das Kyrie, das Gloria, die Oratio, das Graduale, das Allelujalied, den Tractus, die Sequentia, das Credo, das Offertorium, das Lavabo, das Suscipe sancta Trinitas, das Orate fratres, die Secreta, die Praefatio mit Sanctus, den Canon, das Benedictus, das Pater noster, das Agnus Dei, die Communio, die Postcommunio, das Ite missa est und das Placeat;

am späten Nachmittag:

den Engel des Herrn;

den Jahreszeiten folgend:

den Freudenreichen, den Schmerzhaften oder den Glorreichen Rosenkranz;

ansonsten:

Ablaßgebete, Gebete zur hl. Beichte, das Te Deum, die Lauretanische Litanei, das Veni Creator Spiritus, Gebete zum hl. Schutzengel und den Wettersegen.

Wir beten, wie man uns zu beten gelehrt hat, erhobenen oder gesenkten Blickes, mit aufrecht gefalteten Händen, stehend, kniend oder liegend, je nachdem zu welcher Zeit oder an welchem Ort, laut oder leise, mit oder ohne Gebetbuch als Vorlage, reinen Herzens, frommen Sinnes und mit der nötigen Andacht, damit wir – auf diese Weise die Regeln beachtend – Gott wohlgefällig und unsere Gebete von Nutzen seien.

Wir nehmen die Gebete ernst, wie wir das Leben ernst nehmen, in dessen Kampf wir gestellt sind und in dem zu siegen uns nur mit Hilfe der erwähnten Gebete und dem Ernst bei der Arbeit, mit der wir die verbleibende Zeit ausfüllen, gelingen kann, steht doch geschrieben: ora et labora! eine wichtige Lebensregel, die wir uns allesamt hinter die Ohren schreiben sollen, damit wir nicht in die Irre gehen oder dem Leibhaftigen, dem Gottseibeiuns, in die Hände fallen, eine Gefahr, die wir uns nicht oft genug vor Augen führen können und der zu entrinnen unser oberstes Ziel sein sollte, hängt doch nicht nur unser leibliches Wohlbefinden, sondern auch die ewige Seligkeit davon ab, ob wir, anstatt uns gehenzulassen, den Pfad Gottes wählen, der zwar voller Dornen ist, aber geradeaus führt, während der scheinbar ausgetretene und bequeme Weg des Lasters in vielerlei Krümmungen um das Heil herumschleicht, aber nicht zu ihm gelangt, wie eine vom Geifer blinde Viper, die den Gegenstand ihres Begehrs zwar umwindet, ihn aber nicht trifft und die schließlich zertreten wird, wenn auch bis dahin die Zeit noch lang ist und das Auge des Menschen das Schicksal der Welten nicht absehen kann, so ist ihm doch kundgetan, welchen Weg er als den rechten zu betrachten und nach Kraft und Möglichkeit zu verfolgen hat, damit ihm zuteil werde, worauf sein irdisches Hoffen sich ausrichtet und worauf sein menschliches Streben abzielt, nämlich, gerechten Lohn zu empfangen für seinen Kampf im Dienste des Glaubens, der Gerechtigkeit und der Liebe, zum Schutz der Gemeinde, der Armen und Siechen, der Waisen und Witwen, wie es seine Pflicht ist, die zu erfüllen er sich stets angelegen sein lassen soll, nicht nur zum Ruhme der Kirche, sondern auch zugunsten seiner Nächsten, die ihm Brüder und Schwestern sind und die er lieben möge wie sich selbst, dem erhabenen Vorbild gemäß, das uns allen zum Beispiel gegeben wurde, damit unser Blick sich erhebe zur göttlichen Wahrheit, an der zu zweifeln eine grobe Verfehlung und daher verwerflich ist. Und so beten wir denn, bis uns geholfen wird.

Spazierengehen

Sich anschließen oder sich ausschließen: als ob wir die Wahl hätten!

Es gibt immer zwei Möglichkeiten, heißt es. Es gibt auch Kälber mit zwei Köpfen und vier Paar Beinen. Was ihnen zum rechten Maul hineinrinnt, fließt ihnen beim linken wieder heraus, so steht es geschrieben.

Nichts ist schöner, als den Körper frei zu bewegen. Im Freien, in der frischen Luft, auf der Wiese, im Wald, in der Natur. Bei Wind und bei Wetter. Bei Hitze und Sonnenschein. Bei Schnee und Schloßen. Wichtig sind der Sauerstoff, das Regen der Glieder, der Anschauungsunterricht und die Verdauung.

Die Zeit neige zu einer verderbenbringenden Bequemlichkeit. Wer ginge schon zu Fuß? Wir würden noch alle zu Quallen werden, die Beine ein schaltfähiger Schleimklumpen, klobige Sehnenwesen, sich weiterhändelnde Gallertknorpel, wächsern und fasrig. Man würde uns schon so weit bringen. Die Erde bliebe dann die einzige, die sich noch auf die gute alte Weise fortbewegte. Es gelte, dieser voraussehbaren Entwicklung entgegenzuwirken, wenn auch im kleinen, mit besten Kräften, nicht übertreibend – wir wären ja nicht bloß Körper, wir hätten auch eine Seele – mit Maß und auf harmonische Weise, wie es dem Menschen zuträglich sei, damit er nicht Schaden leide.

Unseren Leib hätten wir von Gott, so wie alles, und wir dürften ihn nicht willkürlich schädigen, ihn nicht wissentlich vernachlässigen, noch ihm Nötiges entziehen, es wäre denn zum Zwecke der Läuterung, was wir in unserem Alter aber nicht recht beurteilen könnten, da müßten wir doch wohl Rat einholen, wenn wir das Bedürfnis hätten, und da sollten wir uns lieber gleich an jemanden wenden, der zuständig wäre für uns, sowie für die Läuterung, die ein Prozeß sei zwischen uns und Gott, zu dem es eines Leiters bedürfe, wie auch die Wärme – denkt an den Physikunterricht – nur über einen solchen von einem zum anderen dringt.

Und wir gehen eine Stunde am Tag, zwischen Mittagmahl und Lernzeit, Hand in Hand, zwei und zwei, Schritt für Schritt, den Weg, der uns allen bekannt ist. Auf dem Platz vor dem Schulportal richten wir uns aus, hintereinander, in gleichem Abstand. Neben der ersten Reihe des Zuges steht Sr. Assunta, neben der mittleren Reihe des Zuges steht Sr. Theodora. Die letzte Reihe des Zuges bilden Miss Traunseger und jeweils zwei bereits am Vortag dazu aufgeforderte Schülerinnen. Die Richtung wird ausgegeben, als Parole.

An Wochentagen stehen zwei Spazierwege zur Auswahl. Der sonntägliche ist für eine Dauer von drei Stunden berechnet. Soviel Zeit haben wir wochentags nicht. Montags, mittwochs und freitags biegen wir vom Schulportal links in eine Straße, die sehr bald in einen Seitenweg mündet und dieser in einen Waldweg. Dienstags, donnerstags und samstags biegen wir vom Schulportal rechts in die Auffahrt zum Schulgebäude, verlassen aber sehr bald die Landstraße und gelangen so von einer anderen Seite ins Buchenwäldchen, durch das auch der zuerst beschriebene Weg, doch an anderer Stelle, führt.

Unsere Kleidung ist der Jahreszeit angepaßt. An sommerlich warmen Tagen tragen wir dunkelblaue Faltenröcke und weiße Blusen mit kurzem Arm. Bei kühlerem Wetter tragen wir dunkelblaue Faltenröcke und weiße Blusen mit langem Arm und nach Möglichkeit eine dunkelblaue Jacke darüber. Gegen Schnee und Regen schützen wir uns mit warmen oder Regenmänteln, deren Form und Farbe selbst zu bestimmen uns freisteht. Schirme benützen wir kaum, sie würden den Zug in Unordnung bringen und Gelegenheit zu Unfällen bieten. Einer Schülerin soll eine Schirmspitze das Auge ausgestochen haben. Es hing noch an seinen Muskeln und konnte durch einen geschickten Griff der den Zug begleitenden Schwester wieder in die Höhle gedrückt werden. Dieser Vorfall veranlaßte das Schirmverbot bei Spaziergängen, und wir behelfen uns – so gut es geht – mit Kapuzen, Glanztüchern oder Ulsterkappen. Die Schwestern benützen natürlich Schirme, doch sind diese entschärft worden: runde Hornkappen verhüten jedes Unglück.

Ein wichtiger Bestandteil des Spazierengehens ist die englische Konversation, zu der wir angehalten werden, damit die Zeit nicht ungenützt verstreiche. Es ist die Aufgabe der den Zug begleitenden

Schwestern, uns immer wieder daran zu erinnern, wäre doch Miss Traunseger, die – eine Krokotasche überm Handgelenk, an den Armen je eine Schülerin – am Ende des Zuges geht, nicht imstande zu überprüfen, ob wir der gutgemeinten Aufforderung auch in aller Ehrlichkeit nachkämen.

Wenn der Schnee in der Sonne schmilzt, ist der Himmel klar, und unsere Zähne heben sich gegen das Weiß ab und stehen wie geschabte Karotten aus dem Blau unserer Lippen. Wenn niemand schaut, werfen wir Schneebälle an die Dachränder der Häuser oder an die Äste der Bäume und bücken uns nach herabgefallenen Eiszapfen, die wir lutschen, so lange, bis wir ertappt werden.

Wir kommen an Baracken vorbei – kurz nachdem wir in den Seitenweg gebogen sind –, an denen Fahrräder lehnen, ohne Glocke und Dynamo, mit ausgeleierten Gepäckträgern, verrosteten Kettenschützern, Sätteln, aus denen das Roßhaar ragt, zerbrochenen Bakelitgriffen, fehlenden Stoplichtern und verbogenen Kotblechen. Zwischen die Baracken sind Drähte gespannt, an denen sommers und winters die Wäsche hängt: blaue Hemden mit weißem Leinen gestückelt, Strümpfe, Unterhosen mit Bändern, Knöpfen oder Gummizug, Leintücher in der Größe von Doppelbetten, Windeln, Polsterüberzüge, karierte Geschirrtücher, Nachthemden, Bruchbinden und Kinderkleider.

Wir kommen am Haus der Lateinprofessorin vorbei – Glasveranda, Zaun und Garten –, wo über der Dachtraufe ein Geländer mit je zwei kopfüberkopf gestellten, grüngestrichenen Margeriten den Schnee, der übers schräge Dachgeschindel rutscht, bremsen soll. Wenn die Lateinprofessorin zufällig aus dem Fenster sieht, rufen wir ‚salve magistra' und gehen dann weiter.

Wir kommen an der Sandgrube vorbei, die wir Schlangengrube nennen, wo wir bei besonderen Anlässen, an Sonn- und Feiertagen – wenn die Schneeverhältnisse es gestatten – Schlitten fahren oder – wenn das Jahr ein gutes war – Beeren pflücken.

Wir kommen an der Reitbahn, einem Schotterkarree hinter einem Bretterzaun, vorbei und an dem Bauernhof mit dem eingesunkenen Dach, vor dessen verputzloser, straßenseitiger Front eine Egge liegt und durchnäßtes Stroh, und wir kommen beim Mühlenwirt vorbei, der nur so heißt, wo es doch weit und breit keine Mühle gibt, nicht einmal einen Bach.

Wir gehen durch das Buchenwäldchen mit seinen Tannen, Fichten, Föhren, Kiefern, Haselbüschen, Lärchen und Buchen, hauptsächlich Buchen, steigen bei Regen in die Pfützen, die sich auf den Kieswegen bilden, steigen bei trockenem Wetter auf die Steine, die in unsere Sandalen rutschen, verfolgen im Winter die Spur der Hasen, die mehrmals unseren Weg gekreuzt haben müssen, heben im Herbst die Bucheckern auf, die nahe genug beim Weg liegen, oder pflücken im Frühling Frühlingsblumen, wenn wir rasch genug danach fassen können.

Wir sollen in Gehordnung bleiben, wir sollen uns an den Händen halten, wir sollen englisch sprechen, wir sollen uns nicht absondern. Wir sollen in Reih und Glied bleiben, nicht außer Rand und Band geraten, keine Extratour wollen, nicht aus der Reihe tanzen, die Blicke – es sei denn im Guten – nicht auf uns ziehen, keinen Unsinn treiben, den Schwestern gehorchen, unseren Professoren und der Miss Traunseger, keine deutlichen Spuren hinterlassen, wie Taschentücher, geknicktes Gras, zerblätterte Pilze, ausgespiene Nußschalen, abgerissenen Farn, verunstaltete Baumbestände, verlorene Knöpfe und Gebetbuchbilder. Wir sollen Disziplin halten, uns in die Ordnung fügen, die Gebote des Anstands nicht außer acht lassen. Wir sollen, ob wir wollen oder nicht, unseren Willen einem höheren unterordnen, da dieser uns gewollt und wir ihn mit dem unseren stets wollen sollen.

Milla und ich gehen Hand in Hand, nebeneinander, in der Mitte der ersten Hälfte des Zuges, zwischen Sr. Assunta an der Spitze des Zuges und Sr. Theodora in der Mitte des Zuges, und wir formen mit dem Munde Wörter, die wie englische ausgesprochen werden können, hinsichtlich unserer Lippenstellung, die auf Täuschung aus ist, weil doch die Wörter, die wir aussprechen, keine englischen sind, was aber nicht bemerkt wird, wenn nicht ein Ohr hinter schwarzem Schleier sich uns zuneigt, hinterrücks oder von vor uns her, und aufmerkt, um unsere Lippen mit unseren Worten Lügen zu strafen. Und manchmal bemerken wir dieses Ohr rechtzeitig, um ‚running to and fro, as we would' zu sagen, was das Ohr nicht versteht, das auf den Klang aus ist, nur auf den Klang. Allein von uns verlangt man, daß wir wüßten, was das ist, müssen wir doch über unsere Kenntnisse Rechenschaft ablegen, auf Fragen antworten, zu Prüfungen bereit sein – schriftlich und mündlich –, den Beweis erbringen, daß die auf uns verwendete Mühe sich gelohnt hat, die Erziehung, die man uns angedeihen läßt, nicht umsonst ist und der Eifer fruchtet.

Wir aber erzählen Geschichten, stoßen uns an, lachen oder sind traurig, wie unsere Sprache es fordert, zwinkern mit den Augen, verziehen den Mund, neigen uns einander zu, ziehen uns am Ärmel, schließen abwechselnd die Augen, tun einen Wechselschritt, den wir mit je einem großen Schritt aufholen, verkleinern oder vergrößern unsere Pupillen, legen die Stirn in Falten, wakkeln mit den Ohren – wenn uns das gelingt –, drücken uns die Hände, kneifen einander in den Arm, haken uns unter, halten den Kopf schief, schneuzen uns die Nase, haben Schluckauf oder eine trockene Zunge, drehen uns herum, geben Zeichen, flüstern, sprechen mit verstellter Stimme, ahmen nach, reden Böses, wir plustern uns auf oder gehen krumm, wir schlenkern mit den Armen oder stecken die Hände in die Mantelsäcke. Wir tun, was wir können, zwischen der Reihe vor uns und der Reihe hinter uns, im gleichen Tempo wie alle anderen, mit einem Spielraum von einer Armlänge in sämtlichen Richtungen.

Wer Ohren hat, der höre!

Milla erzählt mir eine von ihr erfundene Geschichte nach dem Muster der gestern von mir erfundenen Geschichte nach dem Muster der wahren Geschichte, die Milla mir vorgestern erzählt hat. Morgen werde ich Milla eine wahre Geschichte erzählen, nach deren Muster Milla mir übermorgen eine von ihr erfundene Geschichte erzählen wird, nach deren Muster ich überübermorgen Milla eine erfundene Geschichte erzählen werde. So vergehen die Wochen.

An Sonntagen sind wir frei: wir erzählen einander, was wir wollen. Nichts mehr vom Rattenfänger, vom Nöck und von der Stopfnadel, kein Zinnsoldat, keine Pari Banu, kein Chodada, noch Gockel, noch Hinkel, noch Witzenspiel, kein ‚Heinrich-der-Wagen-bricht‘, keine Tellergeschichte, schon gar nicht der kleine Muck, unter Umständen noch Gespensterschiffe, weder sieben Raben, noch sieben Schwäne, noch sieben Schwaben, keine drei Brüder, keine drei Schwestern, kein Drosselbart, noch Rose, noch Nachtigall, kein grüner Nouz, keine vierzig Räuber, der Kaiser bleibt ohne neues Gewand.

Wir haben den Splitter im Aug' und können kopfrechnen, wenn auch nicht mit Brüchen.

Die Rede ist von einem Farmhaus und herdenweisen Pferden, von Männern, die ein rotes Tuch um den Hals haben, von Damen in der Sierra Nevada, von einem Knaben namens Buffalo, mit dem wir vor Jahren spielten und der immer schon englisch sprach, von einem Vater in Alaska oder auf dem Bismarck-Archipel, der plötzlich mit einem Karton Haselnußschokolade auftaucht, von einer Tante in Tasmanien, die Fledermäuse züchtet, von leiblichen Vettern auf den Karolinen, von einer verschollenen Nichte der Großmama, die in der Bering-Straße Matrosen bedient, und einem missionierenden Onkel auf Mauritius mit einer Tropenzulage für Schlagobers und vermißten Schnee, von den heimlichen Freunden in Hadramaut, auf den Marquesas und in der Berberei, von einer Einladung nach Sarawak, Briefverkehr mit Basutoland und Grüßen aus Trinidad und Tobago.

Wir sind neugierig auf die Oster-Inseln, haben Sehnsucht nach einem Buttertee aus der Gegend um Lhasa, das ‚Sieben-Jahre-in-Tibet‘-Gefühl, ‚Kontiki‘-Fragen, das ‚Weiße-Wolken-über-gelber-Erde‘-Erlebnis, die Verehrung eines Ansichtskartentempels in Bangkok, das Problem, wie man goldbedruckte Sandalen mit Mittelzehenriemen über weißen Socken trägt, und im übrigen möchten wir die Stille des Stillen Ozeans kennenlernen.

Es ist auch noch die Rede von Kümmeltürken, Hottentotten, sibirischer Kälte, von der russischen Seele, dem chinesischen Lächeln, der kalmückischen Tücke, von tropischer Schwüle, amerikanischer Freigebigkeit und Lebensweise, von ungarischem Paprika, griechischer Geschwätzigkeit, schottischem Geiz, englischer Lachhaftigkeit, von spanischen Fliegen, der asiatischen Höflichkeit, Eskimo-Küssen, balkanischer Gleichgültigkeit, malaiischer Glätte, von der germanischen Zucht und Sitte, dem jüdischen Pharisäertum, levantinischem Geschäftsgeist, von holländischem Käse, indischen Witwen, türkischem Honig, mongolischer Verheerung, skandinavischer Reinheit, von der Faulheit der Neger, der Eitelkeit der

Franzosen, dem Freiheitsdrang der Iren, der Falschheit der Italiener (Katzelmacher), dem Temperament der Sizilianer, von der ägyptischen Krankheit und ähnlichen Dingen, von denen wir eine Ahnung haben.

Ansonsten interessieren uns noch die Tiere des Urwalds, etwas Geheimnisvolles und Geschichten aus dem Leben.

Die Art der Betrachtung

Ich suche mir den günstigsten Spiegel aus. Es gibt mehrere Arten von Spiegeln. Der Spiegel im Waschraum ist ein ungünstiger. Er hängt an einer blinden Wand, auf die von der Fensterreihe im rechten Winkel Licht fällt. Es ist ein Bild von amorpher Schärfe, das einem entgegentritt. Das Flaumhaar über den Lippen, an den Kinnladen und dem Haaransatz zu – sonst unsichtbar – wird deutlich, indem es Licht zurückwirft. Durch einen Fehler im Schliff zieht sich das Bild merklich in die Breite. Kleine Unebenheiten in der Beschaffenheit der Oberfläche lassen die Haut fleckig erscheinen. Die Farbe der Zähne erreicht kein reines Weiß. Das Haar erscheint heller als sonst und unterschiedlich in sich selbst. Spritzer von Zahnpaste, die des öfteren weggewischt werden, sich aber regelmäßig erneuern, lösen das Bild in Abschnitte, die den Gesamteindruck stören.

Der Spiegel in meiner Nachttischlade ist zu klein. Man muß ihn sehr weit von sich halten, um ein vollständiges Bild in ihm zu sehen. Er dient dazu, Unreinheiten in der Haut festzustellen, wobei man ihn ganz nahe ans Gesicht hält, bis die Poren – deutlich voneinander unterscheidbar – zu erkennen sind. Ich benütze ihn selten.

Es stehen uns nur wenige Spiegel zur Verfügung. Spiegel dienen dazu, die Eitelkeit zu fördern.

Auch kosten sie Zeit. Man steht lange vor dem Spiegel, um das Bild, in dem man sich wiedererkennt, zu betrachten.

Es gibt viele Arten, sein Bild im Spiegel festzuhalten:

Man kann ruhig stehenbleiben und das Bild, das der Spiegel von einem gibt, in Augenschein nehmen.

Man kann sich vor dem Spiegel auch bewegen, ohne das Bild dabei aus den Augen zu verlieren.

Man kann seinem Bild in die Augen sehen und alles andere nicht sehen.

Man darf die Augen nicht senken, sonst sieht man seine Augen nicht.

Man kann sich mit seinem Bild im Spiegel vor sich selber Furcht einjagen, indem man seine Gesichtsmuskeln anspannt, die Zunge so weit wie möglich aus dem Mund streckt, die Augen aus den Höhlen treten läßt, die Nasenflügel hochzieht und bellt, mit hervorgepreßtem Atem, daß die Adern an Hals und Stirn sich blau unter der rötlichen Haut abheben.

Man kann seinem Bild im Spiegel einen traurigen Ausdruck verleihen, mit halbgeschlossenen Lippen, zitternden Nasenflügeln, leicht gehobenen Brauen und verkleinerten Pupillen, bis man weint.

Man kann sich mit seinem Blick durch den Spiegel zum besten halten, indem man den linken Arm abgebogen auf den eigenen Rücken legt und von dort aus versucht, mit der Hand des linken Armes über die rechte Schulter zu greifen und

von dort, wenn möglich, noch um den Hals –
Christa kann's –, daß es aussieht, es würgte einen
jemand. Nach einer Weile fühlt man es auch.

Oft muß ich lachen, wenn ich vor dem Spiegel
stehe.

Für den günstigsten halte ich den Spiegel im
Krankenzimmer. Er hängt hinter der spanischen
Wand über dem Waschbecken neben Sr. Rosas
Bett. Man kann ihn auch ohne im Krankenzimmer zu liegen benützen, wenn nämlich Sr. Rosa
vergessen hat, die Tür des Krankenzimmers ab-
zuschließen, sobald sie zur gemeinsamen Andacht
der Schwestern in die Kapelle geht.

Mein Gesicht:

Ich habe Augen. Sie besitzen eine Weiße, eine
Farbe und eine Schwärze. Ihr Blick zeigt Inter-
esse, Neugier, Zutrauen, bekundet Mißtrauen,
Mut oder Unmut, je nachdem, worauf der Blick
dieser meiner Augen fällt oder worauf ich den
Blick dieser meiner Augen fallen lasse. Hier und
in diesem Augenblick richte ich den Blick meiner
Augen auf das Bild des Blickes meiner Augen.
Müßte ich das Bild von diesem meinem Blick
beurteilen, würde ich sagen, daß es günstig, er
aber forschend ist.

Wenn ich meinen Blick als den Ort auffasse, der
sich zu einer Waagrechten verlängern läßt, so beginnt fünf Fingerbreit über dem Blick mein Haar.
Vier Fingerbreit unter dem Blick endet meine
Nase. Zwei Fingerbreit unter dem Punkt, an dem
meine Nase endet, liegt parallel zu meinem Blick
mein Mund, der die Breite von vier Fingern und
einem halben mißt. Drei Fingerbreit unter dem-

selben hört mein Gesicht in Form eines Kinns auf. Lege ich meine Hand mit vier geschlossenen Fingern ohne Daumen mit der Handfläche nach innen auf mein Kinn, so daß der rechte kleine Finger auf dem Mittelpunkt des Kinns zu liegen kommt, und schlage dann die Hand um, so daß der Handrücken meine Wange berührt, erreiche ich mit dem kleinen Finger der rechten Hand das rechte Ohr. Drehe ich an diesem Punkt die Hand in einem Winkel von 180° und schlage sie gleichzeitig neuerdings um, ist meine rechte Augenbraue erreicht, die sich auf eine Spannweite von rund fünf Fingerbreit beläuft.

Meine Haut ist als glatt zu bezeichnen, als kindlich glatt – was noch keinen Schluß auf ihre spätere Beschaffenheit zuläßt –, ein Muttermal ausgenommen, das auf halber Strecke zwischen linkem Nasenflügel und linkem Ohr seinen Platz hat.

Ich bin seit einigen Tagen erkältet, weswegen meine Nase gerötet ist. Bei der Gesamtbetrachtung verliert sich jedoch dieser Eindruck.

Als Folge eines Unfalls in der frühen Kindheit befindet sich eine säbelförmige Narbe rechts unter dem rechten äußeren Winkel meines rechten Auges. Es ist mir nicht in Erinnerung, wie dies geschehen konnte, doch ist mir erzählt worden, ich sei eine Treppe hinuntergefallen, und man habe fürchten müssen, es würde mich das Auge kosten, doch wäre diese Befürchtung zum Glück nicht wahr geworden.

Ansonsten fällt mir an meinem Gesicht nichts auf.

Schimäre

Der fünfte Dezember.

Die Dunkelheit an die Scheiben gedrückt – so stelle ich mir eine Taucherglocke vor. Als hätte ich kreisrunde Augen und fleischige Bartfäden hinterm Glas zu erwarten. Dazu Schnee wie aus Bettüchern, Oblatenbrösel, Goldfischfutter.

Hinter dem weißen Schirm brennt Licht. Wie ein gequollener Bauch liegt der Schatten auf meiner Decke. Der Geruch nach Kamillen und Essigwasser – ich habe mich daran gewöhnt. Man muß krank sein, solange es geht.

Sr. Rosa steht hinter der spanischen Wand und wäscht sich die Hände. An der Tür klopft es. Da kommt Sr. Rosa hinter der spanischen Wand hervor und fragt, ob es geklopft hätte. Ja, sage ich, und sie geht hinaus ins Behandlungszimmer, um Hälse auszupinseln oder Papiertaschentücher zu verkaufen.

Ich fühle mich sicher. Die Kranken bleiben im Krankenzimmer, hat es geheißen. Dann erklingt die Glocke. Die Präfektin läutet das Kloster zusammen.

Sie werden alle gemeinsam in den Festsaal gehen und dort Aufstellung nehmen. In der Mitte bleibt ein schmaler Streifen Teppich frei, über den der Bischof und die Teufel zum Podium vorschreiten. Vielleicht würden die Teufel schon beim Einmarsch zu schlagen beginnen. Doch habe ich sagen hören, daß das nicht üblich ist. Der Bischof steigt auf das Podium und nimmt aus den Händen der Präfektin ein Buch entgegen. Die Teufel stellen sich hinter den Bischof und versuchen, ihm über die Achsel zu schauen, was sich der Bischof aber ausbittet. Dann wird jedes der Mädchen bei seinem Namen aufgerufen und muß zum Podium nach vor gehen. Dort erfährt es, was ihm zur Last gelegt wird. Überwiegt das Gute, das über einen zu sagen ist, darf man sich auf die rechte Seite des Bischofs stellen. Lob und Geschenke, bestehend aus Äpfeln und Bäckerei, sind der Lohn. Steht Böses in dem Buch, muß man sich auf die linke Seite des Bischofs stellen. Wer nicht rasch genug wegläuft, wird mit der Rute geschlagen. Es soll vorgekommen sein, daß sich die Teufel auch an jenen vergreifen, die auf der rechten Seite stehen.

Sr. Rosa ist wieder allein. Ich höre das Klirren der Arnika-Tiegel, die sie zurück in den Glasschrank stellt. Dann tritt sie auf die Pedale des Abfalleimers; sie wirft die gebrauchten Wattetupfer hinein. Ich kenne die Handgriffe genau, mit denen sie den Tag beschließt. Sie räumt auf.

Dann tritt Sr. Rosa wieder ins Krankenzimmer.

Komm, sagt sie, wir gehen hinunter.

Ich erkläre ihr, daß ich zu schwach bin, um zu gehen.

Ich werde dich tragen, sagt sie.

Da mucke ich auf.

Du hast Angst, sagt sie, aber du darfst keine Angst haben.

Sie nimmt meinen Schlafrock vom Haken und zwingt mich, ihn anzuziehen.

Ich werde dich tragen, sagt sie noch einmal, im Festsaal ist geheizt, da kannst du dich nicht erkälten.

Dann hebt Sr. Rosa mich auf. Sie ist sehr kräftig.

Im Gang brennt kein Licht, und sie läuft so schnell sie kann mit mir bis zum Stiegenhaus.

Die Treppen mußt du selbst hinuntersteigen, befiehlt sie, ich werde dich stützen, damit du nicht fällst.

Im Gang, der zum Festsaal führte, hebt sie mich wieder auf. Je weiter wir kommen, desto deutlicher wird der Lärm. Als Sr. Rosa die Tür zum Festsaal öffnet, fahren die Teufel gerade mit den Ruten durch die Menge. Sie brüllen und klirren und schütteln sich dabei. Die als böse Geltenden haben sich alle zum Eingang geflüchtet und greifen nun weinend und mit erhobenen Händen nach Sr. Rosa oder versuchen, sich hinter ihrem Rücken zu verbergen. Sie würde sie gern abschütteln, doch kann sie sich meinethalben nicht gut rühren.

Da tut sich vor uns eine Gasse auf, und ein Teufel mit vier Paar Hörnern und Zähnen, die bis zum Hals reichen, schießt auf uns zu. Ich weiß, daß es nur Schein ist, aber seine Ohren sind so groß wie Fäustlinge und zackig an den Enden. Bevor er nach mir fassen kann, schlagen meine Arme und Beine aus, stoßen an Sr. Rosas Brust, an ihren Bauch, an ihre Arme, an ihr Kinn. Wie im Krampf biegt sich mein Körper im rechten Winkel ab, schnellt vor und zurück und wieder vor, in alle Richtungen. Ich schreie nicht, nur mein

Mund steht offen, aber ich kann nicht atmen. Meine Arme und Beine schlagen weiter auf Sr. Rosa ein, ohne daß sie mich daran hindern kann. Sie hält mich fest, bohrt sich in mich, will meine Füße einfangen, mir die Arme an den Leib drücken, mich zusammenfalten wie ein Leintuch, bis ihre Kraft nachläßt und meine Hände ihr Gesicht zu treffen scheinen, während ich nur die scharfen Kanten der Schwesternhaube an meinen Fingern verspüre.

Der Teufel reißt mich von ihr los – wie da alle zurückweichen – und wirft mich über die Schulter, daß mir der Kopf zur Erde hängt, die Arme lahm werden und die Beine sich an seiner Brust versteifen. Jemand muß uns die Tür geöffnet haben. Der Teufel trägt mich durch den dunklen Gang bis zum Stiegenhaus, wo das Licht brennt. Niemand folgt uns.

Wo gehörst du hin, fragt mich der Teufel. Ich tue den Mund nicht auf.

Du, ruft er und schüttelt mich, wo gehörst du hin? Aber ich kann nicht sprechen. Da nimmt er mich von seiner Schulter und setzt mich auf den Arm.

Sei nicht dumm, sagt er, zeig mir, wo du hingehörst.

Ich strecke die Hand aus und deute nach oben. Sr. Rosa hat im Behandlungszimmer Licht brennen lassen, und ich zeige auf den erhellten Türspalt. Während er mich durchs Behandlungszimmer trägt, streift er an den Wagen mit dem Verbandszeug und stößt eine Flasche mit Jod um.

Zum Teufel, sagt der Teufel und öffnet die Tür zum Krankenzimmer, läßt mich ins aufgeschlagene Bett fallen und zieht mir die Decke übern Leib.

Mein Hals ist eingebunden. Bist du krank, fragt er mich. Dann nimmt er meine Hand und greift mir nach dem Puls.

Du hast Fieber, sagt er. Mein Blick erfaßt seinen ausgebuchteten Kopf mit der ganzen, geweiteten Häßlichkeit. Während er sich vorbeugt, meine Stirn zu befühlen, schlägt seine Kette über meinen Arm. Sofort nimmt er sie weg und bindet sie sich um den Leib, wie einen Gürtel.

Hast du gewußt, was du tust, fragt er und legt meinen Arm auf sein Knie, biegt ihn ab und wieder gerade, wobei er auf ihm herumklopft. Ich zucke mit den Achseln. Seine Nase mit den daumengroßen Nüstern zeigt die Kanten einer Holzschnitzerei.

Die Mutter Oberin tritt ins Zimmer, hinter ihr Kreuzschnabel, der Kaplan, hinter ihm Sr. Theodora, hinter ihr Sr. Assunta, hinter ihr Sr. Ami, die liebe Sr. Ami, hinter ihr Sr. Rosa.

Ich versuche meinen Blick aufzuhalten, die Augen zu schließen. Die Flügel der Schwestern fangen an zu flattern, zu rauschen, wirbeln Hitze auf, ein Schwarm von aufgerichteten Hirschkäfern mit silbernen Zangen und Tiere mit Hörnern, Ziegen mit messerscharfen Barthaaren und übelriechenden Klauen, das Summen einer abgestellten Klingel, Geräusche wie vom Lauf einer Herde, das Surren siedenden Wassers auf einer Herdplatte.

Ich komm auf dem Bauch zu liegen. Sie greifen nach mir. Jeder einzelne meiner Finger, jede einzelne meiner Zehen werden gezogen, ins Endlose,

Schmerzhafte, Flecken aus Kälte. Da schreie ich. Ich höre das Sägen und Springen von Glas, den Knall eines sich öffnenden, luftdicht verschlossenen Gefäßes, das Geräusch des Saugens, mit dem eine Flüssigkeit von einem Behälter in einen anderen gehoben wird.

Jemand hält meine Hand. Eine schwarze Hand in meiner grünen Hand, eine rote Hand in meiner gelben Hand. Jemand hält meine Beine, meinen Rücken, meine Arme, meine Knie. Man hält mich fest. Ich weiß, was kommt. Es tut nicht weh. Aber niemand hat mich gefragt.

Lieber Teufel, schreie ich, um Gottes willen, hilf.

Da sehe ich den abgeschnittenen Kopf des Teufels auf dem Boden liegen, einen offenen Schlund, wie mit einem Messer abgetrennt, mit nach außen gestülpten Rändern, zerfranst und schwarz, so tot, wie man nur tot sein kann.

Das Schulbeispiel

How many pupils are in this class-room?
There are 32 pupils in this class-room.
How many seats are in this class-room?
In this class-room there are 34 seats.
Why are there 2 seats empty in this class-room?
There are two seats empty in this class-room, because one pupil is ill and one is sick.
Early to bed and early to rise, makes a man healthy, wealthy and wise, sagt Sr. Ami, die ziemlich beliebt ist.
Who remembers the story of Robert, the red-nosed reindeer, we were listening to last time?
Robert, the red-nosed reindeer was –, stottert Milla.
Ich niese heftig. Dabei halte ich das blütenweiße Taschentuch mit der blattgrünen, selbstgehäkelten Spitze vierfach gefaltet in beiden Händen. Mit einer einzigen Bewegung öffne ich es, führe es an die Nase und schneuze mich. Dann schließe ich die Augen. Es ist ein grober Verstoß gegen jede Regel des Anstands, den Inhalt eines Taschentuchs zu betrachten. Daran hat man sich immer und überall zu halten. Ich knülle es zwanglos zusammen – es wieder zu falten, wäre Ordnungsliebe am falschen Platz – und stopfe es in den Ärmel meiner Bluse. (Schnupfen ist eine Krankheit, die den stärksten Neger umhaut.)
Wer mehr als zweimal hintereinander niest, wird nicht aufgerufen. Sr. Ami hat ein Herz, das am

rechten Fleck ist.

Ich ziehe den ‚Jesusknaben' aus der Schultasche und lege ihn mir auf die Knie. Die anderen sprechen im Chor: swim, swam, swum; a swan swam; the swan swam –

Der Missionsbericht, fünfte Folge. Die geistige und physische Not im Dschungel. Betet zu Gott, damit er Priester und Ordensleute in ausreichender Menge beruft, und viele unter euch auch bereit sind, diesem Ruf zu folgen. Es genügt nicht, daß ihr die Stanniolkugeln und die gesammelten Briefmarken einmal im Monat zu den Sammelstellen tragt, euer Gebet vor allem ist wichtig. Und die Liebe zu euren schwarzen Brüdern und Schwestern, zu euren braunen Brüdern und Schwestern, zu euren gelben Brüdern und Schwestern. Bedenkt, in welchem Zustand sie ohne das Wort Gottes dahinleben, ausgeliefert an ihren Aberglauben und preisgegeben den Krankheiten des Leibes und der Seele, zu deren Bekämpfung ihnen – klar, woher sollen sie es anders wissen – nur die Zuflucht zu Geistern und Dämonen bleibt.

Hättet ihr nicht Lust – wenn ihr euch den Bildteil unserer Serie genau angesehen habt, werdet ihr sogar sicher Lust haben –, diesen armen Wesen, die wie ihr Kinder Gottes sind, beizustehen? Ist die Hilfe eines jeden und einer jeden von euch im großen gesehen auch nur wie ein Tropfen auf dem heißen Stein, so wird doch der Stein vom steten Tropfen gehöhlt. Also Kopf hoch und Vorurteile über Bord!

Seid, wir bitten euch allen Ernstes, bereit, wenn

Gott euch zu diesem Dienste der Liebe beruft, zögert nicht, faßt euch ein Herz und kommt zu uns in die Mission, in die fremden Erdteile. Lernt Land und Leute kennen, und lehrt sie die drei christlichen Tugenden.

Natürlich könnt ihr uns auch als Laienbrüder und -schwestern wertvolle Hilfe leisten, doch ist es besser, das, was man tut, ganz zu tun. Laßt es euch also durch den Kopf gehen, besonders diejenigen unter euch, die keine Stubenhocker sind und sich den Wind der Welt um die Nase wehen lassen möchten.

Nicht jede Riesenschlange, der ihr in die Quere kommt, hat Lust, ausgerechnet euch zu verschlingen, und nicht jeder Löwe hat ausgerechnet dann Appetit, wenn er euch über den Weg läuft. Auch in den tiefsten Urwäldern, in den weitesten Savannen und im finstersten Busch wird Gott seine Hand über euch halten, und euer Schutzengel ist und bleibt der getreue Wachsoldat, den weder Blitz noch Sturzbäche von eurer Seite jagen.

Wir, die wir schon seit Jahren – ob im Kongo oder in Bolivien, ob auf Feuerland oder im Malaiischen Archipel – unseren Dienst im Auftrage Gottes versehen, können euch ehrlich versichern, daß unsere Tätigkeit uns vollauf befriedigt und die Aufgabe, der wir uns geweiht haben, die schönste ist, zu der Gott den Menschen berufen kann.

Na, wie stehts? Habt ihr es euch vielleicht schon überlegt?

Sr. Ami spricht lauter. Sie erklärt einen Unterschied. Ich weiß nicht, was ich tun soll, muß, kann, darf, nicht soll, nicht muß, nicht kann, nicht darf, sollte, müßte, könnte und dürfte. Dazu gebraucht sie den Zeigestab, ein Stück Kreide, ein feuchtes Tuch, eine verschmierte Tafel, die Hände, die Stimme und das Hirn. Wenn sie den Arm hebt, kommen die weißen Knöchel unter den schwarzen Aufschlägen zum Vorschein.

Wir haben Sr. Ami lieber als alle anderen Schwestern. Ihr Gesicht ist birnenförmig, und die scharfen Ränder des weißen Haubenteiles schneiden sie in die Wange. Manchmal brüllt sie, daß die Scheiben klirren und die Spucke in ihren Mundwinkeln zittert. Bei jedem th hängt ihr ein dicker Lappen Zunge über die bläuliche Unterlippe. Als Sr. Ami voriges Jahr krank war, fragten wir die Theodora, ob sie nun sterben müsse.

So Gott will, nicht! sagte die Theodora, und wir beteten so lange, bis Sr. Ami wieder gesund war.

Ich schreibe: to be or not to be, schreibe ich an den Rand des ‚Jesusknaben'. Da kommt mir etwas in den Sinn. Der Schatten eines englischen Wortes, sein Negativ. Ich möchte, daß es mir einfällt. Ich kann seine Tonhöhe, seine Silbenzahl, seine graphische Ausdehnung erkennen, eine Leerstelle in meinem Gedächtnis. Meine Lippen wölben sich zu einer Rundung: wind-way-water, ich lasse sie wippen und stoße dabei Luft aus. Meine Unterlippe schiebt sich unter die obere Zahnreihe: vanity-very-value, ein Vogel flattert durch meine Vorstellung, er ist wie ein Falter mit einer Nadel ans Brett geheftet. Kehlkopfverschluß zu: ə, a, æ, ei, dann wieder æ. Ich spüre, wie mein Kehlkopfdeckel sich hebt und senkt. Eine Blume: blamable-comfortable-vulnerable. Vor Anstrengung schließe ich die Augen. Das Wort ist zum Greifen nahe, ich greife zu. Nichts. Ich muß von neuem beginnen: .–.., .–..; vielleicht ist es ein einziger Buchstabe, der mich von der Lösung trennt, ein einziger Laut, der mir einfallen müßte, um das Wort herzustellen. Ich kenne seine Bedeutung nur ungefähr, aber ich höre seinen Klang. Ich weiß, daß es auf der zweiten Silbe betont wird, ich sehe sein Schriftbild wie mit Tusche verschmiert auf einem grauen, durchscheinenden Hintergrund. Meine Lippen und mein Kehlkopf schmerzen vor Anstrengung, da habe ich es. Meine Finger fassen das Wort und ich schreibe es, unter der Bank, auf den Knien, in den ‚Jesusknaben‘: available – to be or not to be – available.

Da zwickt Milla mich in den Arm.

Shut up, sage ich, dabei hat sie den Mund gar nicht aufgemacht. Would you mind please – das Ende des Zeigestabes zielt mir zwischen die Augen. Ich habe das Gefühl, aufstehen zu müssen. Während ich mich erhebe, fällt der ‚Jesusknabe‘ zu Boden. Sr. Ami bückt sich, hebt ihn auf und legt ihn unbesehen vor mich hin. Sorry, I didn't want to disturb you –

Don't mention, sage ich. Die Klasse wirkt wie ein Standphoto. Sit down! Sr. Ami dreht sich um und fährt mit dem Unterricht fort.

Ich weiß, was geschieht. Sr. Ami ist streng, aber gerecht.

Die Anstandsstunde

Versucht ein Mann sich euch zu nähern, in welcher Absicht es auch sein möge – in geschlossenem Raum oder im Freien –, senkt vorerst den Blick, ihr gewinnt dadurch Zeit, nachzudenken. Schon aus dem Gehaben, mit dem er auf sich aufmerksam macht, geht hervor, welche Art von Vergnügen er von eurer Bekanntschaft erwartet. Sucht er ein freundliches Beisammensein mit lang andauernden Gesprächen, an denen sich eine, ihn nicht verpflichtende Zuneigung entzünden soll – fälschlicherweise wird diese Art von Verhältnis oft ein platonisches genannt –, wird er euch fürs erste mit äußerster Diskretion darauf aufmerksam machen, daß die Haltung eures Kopfes, obzwar anmutig und von kindlicher Grazie, so doch Geist verrate, wie er hinter so rosiger Stirn kaum zu vermuten wäre. Er wird Fragen an euch richten, die ihm Gelegenheit geben, euch das Ausmaß seines Wissens zu erläutern, ohne daß er Wert auf die richtige Beantwortung derselben legte. Er verlangt nur, daß ihr euch über die Bedeutung des jeweiligen Gesprächs, das er mit euch führt, im klaren seid. Es ist durchaus gestattet, sich von ihm in regelmäßigen, aber nicht zu kurzen Abständen auf ein Glas Limonade oder auf einen kleinen Imbiß einladen zu lassen und ihm das Recht einzuräumen, euch Bücher oder ähnliches Bildungsmaterial zu schenken, doch sollt ihr nie vergessen, eurerseits ein Begleichen der Rechnung vorzuschlagen.

Ein anderes Problem ist das der Dauer einer solchen Freundschaft. Nach menschlichem Ermessen wird sie eine kurze haben, denn entweder nähert er sich euch oder er entfernt sich. Ist es ein wertvoller Mensch, wird euch an einer zeitlichen Ausdehnung der Freundschaft gelegen sein. Dabei ist es am besten, wenn ihr es vermeidet, allzu oft an menschenleeren Orten mit ihm zusammenzutreffen, andererseits sollt ihr euch aber auch nicht zu abweisend verhalten. Wer weiß, wozu ihr den Mann noch brauchen werdet. Ihr müßt klug sein wie die Schlangen und einfältig wie die Tauben oder andere Beispiele aus der Heilsgeschichte.

Versucht er, wie zufällig eure Hand zu ergreifen und sie an den Mund zu führen, so nehmt sie ihm wie zufällig wieder weg, indem ihr vorgebt, euer Taschentuch nötig zu haben. Sollte er sich gesprächsweise eurem Ohr nähern – als hätte er, der Heimlichkeit des Erzählten wegen, leise zu sprechen – und es mit dem Hauch seiner Worte kitzeln, um euch dem längst Fälligen geneigt zu machen und durch die Berührung aufzuregen, so macht nicht viel Aufhebens davon. Am besten kehrt ihr ihm das Gesicht zu – in aller Unschuld –, und er wird es kaum wagen, euren Mund auf ähnliche Weise berühren zu wollen; das entspräche nicht dem Typ, den er vorstellt.

Die ersten Schwierigkeiten könnt ihr als überwunden betrachten, wenn er anhebt, euch aus seinem Privatleben zu erzählen. Ihr dürft dabei keine Neugier zeigen. Er soll nie das Gefühl verlieren, euch aus freien Stücken zur Mitwisserin seiner Geheimnisse zu machen. Stellt ihr es geschickt an, so wird er bald beginnen, euren Rat einzuholen, und er wird sich euch immer als dankbar erweisen, wenn ihr erkennen laßt, daß ihr ihm auf selbstlose Weise zu helfen bereit seid. Bewährt sich euer Rat oder die Art, in der ihr ihm ratet, wird eure Person ihm unentbehrlich werden, und er wird es nicht verabsäumen, sich an anderer Stelle für euch zu verwenden und sich erkenntlich zeigen, soweit es in seiner Macht steht.

Seid ihr an diesem Punkt angelangt, dürft ihr erst recht nicht in den Fehler verfallen, ihm auch nur die geringste körperliche Berührung zu gestatten, sonst verliert das Bild, das er sich von euch macht, an Feinheit, und er wird sich der Nachlässigkeit im Benehmen gegen euch schuldig machen. Widersteht ihr der Versuchung – gegen die ihr nie gefeit seid –, wird seine Verpflichtung gegen euch ins Unermeßliche steigen. Allerdings dürft auch ihr euch nie einer Achtlosigkeit hinsichtlich eurer Kleidung oder eures Benehmens schuldig machen, denn er sieht in euch das für ihn nicht Erreichbare, aus dem er nur so lange Genuß schöpft, solange er euch ergeben ist, ohne sich deshalb schämen zu brauchen.

Freundschaften dieser Art sollt ihr aber nur eingehen, wenn ihr eurer selbst sicher seid, euren Körper zu beherrschen und euren Geist zu präsentieren versteht. Wenn ihr die gegebenen Regeln beachtet, können euch Beziehungen dieser Art in jeder Lebenslage von Nutzen sein.

Ihr werdet auch eure Freude dran haben und die Gewißheit, daß euer Tun ein religiös erlaubtes ist.

Sollte sich euch aber ein Mann nähern, dessen Gehaben keinen Zweifel daran läßt, daß er euren Leib begehrt, wie er schon viele Leiber begehrt hat, ohne gewillt zu sein, sich euch gegenüber in irgendeiner Weise zu verpflichten, so ist es am besten, ihr verschwendet weder Wort noch Blick an ihn und geht – seiner ungeachtet – eurer Wege. Wenn ihr aber diesen Augenblick versäumt habt, und es die Konvention gebietet, mit ihm – seiner Stellung oder seines Amtes wegen – umzugehen, so versichert euch in seiner Gegenwart des Schutzes von Dritten, so daß nichts euch geschehen kann. Sollte auch dies nicht möglich sein, so schützt eine jener widerlichen Krankheiten vor oder vermindert den Reiz eures Äußeren, so daß er von selbst Abstand von seinem Begehren nimmt. (Dies ist bereits eine Notlösung!)

Sollte sich euch aber ein Mann nähern, der sehr bald zu erkennen gibt, daß er euch mit Leib und Seele in Besitz zu nehmen trachtet, so ist es eure Aufgabe, euch im besten Licht vor ihm zu zeigen, so daß er über kurz oder lang zu der Einsicht kommt, ein Leben ohne euch könne von ihm nur im Schatten gelebt werden.

Solange er euch keinen Antrag macht, müßt ihr euch strenge Zurückhaltung auferlegen. Eure erste Waffe ist die ständige Steigerung des Reizes, den ihr auf ihn ausübt, doch darf der Rahmen des Erlaubten nie gesprengt werden. Ihr sollt ihm aber auch nicht weismachen, euer Leib sei fühllos, es würde ihn ängstigen und er müßte es auf eine Probe ankommen lassen. Wenn es euch ernsthaft darum zu tun ist, ihn euch vollends verbindlich zu machen, und der Eindruck, den er in euch hinterlassen hat, sich nicht verflüchtigt, so sollt ihr euch gewisser Gesten bedienen, die ihn unfehlbar für euch einnehmen müssen. Zeigt ihm, daß ihr sparsam mit seinem Geld umgehen wollt, indem ihr vorderhand in seiner Gegenwart auf Süßigkeiten jeder Art verzichtet, auch wenn er sie euch anbietet – es ist gut für eure Figur und beweist, daß ihr nicht verwöhnt seid –, bekreuzigt euch vor jeder Kirche und vor jedem Bildstock, an dem ihr zufällig vorbeikommt – gerade eure rührende Frömmigkeit wird ihm etwas bieten, das er vielleicht seit den Kindertagen vermissen mußte –, greift bei den gemeinsamen Spaziergängen recht oft nach den Schöpfen spielender Kinder und streichelt sie – dies zeigt ihm so manches –, fragt ihn selbst des öfteren nach seiner Mutter – damit nehmt ihr seinem vielleicht zeitweise aufkeimenden Verdacht, es könne zu familiären Unstimmigkeiten kommen, jede handgreifliche Veranlassung – und zeigt euch stets um sein Wohlergehen bemüht, wobei ihr aber nicht übertreiben sollt, es könnte ihm lästig fallen oder euch für späterhin zum Nachteil gereichen.

Hat er sich euch nun erklärt und sich mit euren Eltern ins Einvernehmen gesetzt, gehört er derselben Konfession an wie ihr und ist er nicht schon eine vor Gott unlösbare Verbindung eingegangen, so steht einer Segnung und Legalisierung eurer gegenseitigen Zuneigung nichts im Wege.

Es ist zwar keine Sünde, wenn ihr es zulaßt, daß er bereits vor der Verlobung euren Mund mit dem seinen berührt, doch empfiehlt es sich nicht, denn so wie ein Wort das andere, so gibt auch eine Berührung die andere, und ihr müßt es euch immer vergegenwärtigen, daß nur der Mann euch wirklich schätzt, dem ihr unberührt ins Brautbett gefolgt seid. Ein Mißachten dieses Gebotes würde einen langen Schatten über euren fürs Leben geschlossenen Bund werfen. Man würde einer jeden unter euch als Charakterschwäche ankreiden, was sie als der Not gehorchend vermeint hat. Und im übrigen ist nicht zu vergessen, daß jede fleischliche Beziehung Folgen haben kann. Welches Mittel der Verhütung man euch auch vorschlagen wird, ihr sollt eure Angst nie verlieren, denn die Gabe Gottes wird gegeben wann und wem Er will.

Doch seid ihr nun einmal in den geheiligten Stand der Ehe getreten, seid ihr zwar dem Gebot unterworfen, eurem Gatten zu dienen und ihm untertänig zu sein, doch soll dies im Bewußtsein des Wertes geschehen, den er an euch besitzt. Ihr seid sicher nicht mit leeren Händen in sein Haus gekommen, und sollte es euch an materieller Ausstattung gefehlt haben, so hat ihm eure vorzügliche Erziehung zu Handfertigkeiten aller Art diesen Mangel mehr als ersetzt.

Ihr seid ihm jungfräulich anheimgefallen. Er hat also die Pflicht, euch all das zu bieten, was andere, die ihr seinetwegen abgewiesen habt, euch geboten hätten, und diese seine Pflicht wächst in dem Maße, als ihr euch an die Gebote der Ehe haltet.

Sollte der Fall eintreten, daß euer Mann euch betrügt, habt ihr nicht das Recht, den Gegenstand oder die Person, mit dem oder mit der dies geschieht, zu schmähen, doch könnt ihr ihm die Verächtlichkeit seines Tuns vor Augen führen, indem ihr ihn merken laßt, welcher Vorzüge er sich beraubt, wenn er sein Glück in einem anderen Schoß sucht. Natürlich ist auch bei solcher Gelegenheit Gott der oberste und letzte Richter, doch sind euch strafende Blicke und Handlungen – wenn ihr euch seiner zum Beispiel auf eine Weile entzieht – erlaubt. In eurem Sinne sollt ihr darin aber nicht zu weit gehen. Ihr könntet euch einen länger währenden Ekel vor seiner Person zuziehen, was nicht ratsam ist, da ihr auf ihn angewiesen seid und dabei die von Gott gewollte Fortpflanzung innerhalb des von euch eingegangenen Bundes ins Stocken geraten könnte, was aber nur im Falle von äußerster Armut gestattet und bei Krankheit sogar empfohlen wird.

Da wir nun schon einmal dabei sind, muß erwähnt werden, daß es einige unter euch geben wird, die auch ab der Zeit, wo euch vieles erlaubt ist, ihre Zurückhaltung nicht ablegen wollen noch können. Es wird zunächst viel von der Herzensbildung des Mannes abhängen, euch die tiefverwurzelte Scheu zu nehmen, aber es hängt auch in nicht geringem Maß von eurer persönlichen Anstrengung ab, ob das Erkennen der Seelen sich auf harmonische Weise im Fleisch fortsetzt. Läßt das Zartgefühl des Mannes zu wünschen übrig und nennt er die Dinge zu deutlich beim Namen, gelingt es euch nicht, eure Hemmnis aus eigener Kraft aus dem Wege zu räumen, ist es am besten, ihr sucht eure Mutter auf und trachtet, euch von dieser Ratschläge zu holen. Sollte sich dies aus irgendeinem Grund nicht bewerkstelligen lassen, so setzt euch mit einem – für seine Verschwiegenheit bekannten – Arzt in Verbindung. In aussichtslos scheinenden Fällen wendet ihr euch aber am besten gleich an einen Priester und versucht selbst durch gesteigertes Beiwohnen der hl. Messe, durch verstärktes stilles Gebet und durch wiederholtes Aufsuchen von Wallfahrtsorten, dem Übel abzuhelfen.

Bevor ihr aber all dies auf euch nehmt, bevor ihr also ins Leben geht, um dort den euch zugewiesenen Platz einzunehmen und die euch bestimmten Aufgaben zu erfüllen, sollt ihr noch mehrmals und gut erwägen, daß euch auch ein anderer Weg offensteht. Es ist dies der Weg, den der Apostel Paulus den besseren geheißen hat und der auch der gottwohlgefälligere sein muß. Wählt ihr ihn, so wählt ihr einen Stand, der nicht nur den Vorteil hat, euch schon zu Lebzeiten in Seine unmittelbare Nähe zu bringen, sondern von euch auch die obengenannten Sorgen und Nöte fernzuhalten. Es wird euch durch ihn die Möglichkeit gegeben, euer Leben in Arbeit und Andacht, als unmittelbare Vorbereitung auf ein höheres und besseres Leben, in dem ihr ewigen Lohn für zeitliche Unbillen erhalten werdet, hinzubringen.

Der Traum

Da träumte es mir, ich wäre ein Licht – und jemand stellte seinen Scheffel darüber.

Mir war, als wäre der Wein süß und das Brot sauer. Als ginge ich von Kopf bis Fuß in Sack und Asche, getreu der Verheißung. Es schien, als flösse viel Wasser durch die Flüsse, die Schiffe führen in die größeren Ströme ein, die Anker aber hätte man gelichtet.

Und es war, als wären die Fische stumm, das Meer ohne Grenzen, die Sonne aber ein feuriger Ball. Und als existierten ich und die Welt und wären in schönster Ordnung und ganz gut so. Und wiederum, als existierten ich und die Welt nicht und wären nicht in schönster Ordnung und nicht ganz gut so.

Dann aber war es, als riefe ich die Vögel des Himmels, und mir fiele ein Stein aus der Krone und einer vom Herzen und darüber wäre ein Brett und darin hätte ich keinen mehr. Und die Vögel des Himmels kämen geflogen, mit den Lilien des Feldes im Schnabel, in gewaltigen Schwärmen, und ließen ihren Kot fallen, wohin es ihnen gefiele, so daß dieser die Erde bedeckte, und nichts mehr geschähe, was geschieht. Dann wieder war es, als sei alles ganz anders, als hätte lange die Sonne geschienen, und nun wäre es heiß, und die glühenden Kohlen lägen nur so herum, und die Leiber sötten im Schweiß, der Bär wäre los, und sie tanzten nach meiner Pfeife.

Und weder Milch noch Honig flössen, es stächen die Bienen, es bissen die Schlangen, und die Tauben hätte man alle vergiftet. Die Hunde wären Schoßhunde, die Katzen Geldkatzen, die Ochsen Hornochsen, die Tiere aber allesamt Untiere, die mit mir und der Welt Schindluder trieben.

Diesen Augenblick rief Christus (oder Gottvater): Lasset die Kleine zu mir kommen!

Da zog ich schleunigst den Kopf ein.

Der Krug ging noch immer zum Brunnen.

Es herrschte eine große Stille im Himmel.

Ich war nackt.

Und alle schauten.

Da ging ich den Weg allen Fleisches.

Ein nachtschwarzer Rabe flog
in die rabenschwarze Nacht
und schaukelte sich auf der Windrose.

Da fiel es wie Blätter im Sturm
von den Bäumen, die in den Himmel wuchsen.

Christus (oder Gottvater) aber rief laut: Komm!

Aus Angst, daß ich berufen würde, warf ich mich zu Boden.

Christus (oder Gottvater) aber rief laut: Komm!

Lieber nicht, schrie ich und wurde erheblich kleiner.

Christus (oder Gottvater) aber rief laut: Komm!

Da wurde ich wieder unerheblich größer und sagte: Es gibt so viele wie mich und bessere, warum muß es mich treffen? die weder gut ist, noch klug ist, noch verständig, sondern böswillig und tückisch und aufwieglerisch, ich würde die anderen bloß verderben.

Da schwoll die Stimme zu einem Lärm an, so

gewaltig, daß ich nichts mehr verstehen konnte, ganz und gar nichts. Mir war gleich, als würde mir übel.

Und ich versuchte einzurenken, was ausgerenkt war, und sagte:

Was kann ich machen, wenn es so sein soll.

Und wieder erhob sich der Lärm, wie beim erstenmal, und es war, als wären es viele Stimmen auf einmal oder als hätte die eine sich geteilt in viele.

Was heißt das überhaupt, wo ich den ersten Schritt schon getan habe, ich bin gar nicht so, und was ist das für eine Art? Habe ich nicht guten Willen gezeigt und klein beigegeben, mich untergeordnet und an mich gehalten, und war ich nicht bereit, es auf mich zu nehmen, wenn es durchaus nicht anders sein soll, und es durchzustehen bis ans Ende, mit dem nötigen Frohsinn, der nötigen Güte und dem nötigen Verzicht, mich zu Armut, Keuschheit und Gehorsam zu verpflichten, zu diesem Um und Auf, zu diesem A und O, zu diesem sine qua non der Sache?

Habe ich nicht schon beim ersten Widersprechen mit dem Aug' geblinzelt und beim zweiten mit allen beiden, um zu zeigen, wie es gemeint ist, und muß sich nicht jeder ernsthaft und ernstlich prüfen, bevor er ja sagt, wohin führte das sonst, wenn alle gleich schrien: ach Gottigkeit, ich will! bevor sie es überdenken, kommt es doch unverhofft, man hat etwas aufzugeben, von den Erwartungen ganz zu schweigen und was man sich eben so vorstellt, und dann das, als wäre es das Natürlichste von der Welt, was versteht sich da eher, als daß man erst nein sagt, und sei es um Zeit zu gewinnen, sich zu bedenken, das muß sein, ist doch einem jeden sein Leben gegeben, und wer weiß schon genau, ob er auch würdig ist, auch das will geklärt werden oder was es sonst für Bedenken gibt und Hindernisse, Einwände oder auch Vorhaltungen, was dafür, was dagegen spricht, wie es anfängt und wie es weitergeht, all dies muß reiflich erwogen werden.

Doch da ist nur Lärm, während man sich bedenkt, gänzlich heidnischer Lärm, als wäre von jemand x-beliebigem die Rede, von einem Katecheten oder ich weiß nicht wem, der so mir nichts dir nichts ungehalten werden könnte, ganz ohne Allmacht, Weisheit und Güte. Wer nicht glaubt, wird nicht selig, aber wer soll denn glauben, bei dem Lärm da, ohne daß man zu Wort kommt, da könnte ja jeder sagen: komm! –

Ich glaube, es hat mir geträumt, sage ich beim Erwachen in den hellen Morgen hinein.

Ich glaube, es träumt dir noch immer, sagt Sr. Assunta, die an meinem Bett steht und mich mit Weihwasser besprengt.

Glauben heißt nichts wissen.

Wir glauben an den Nachlaß der Sünden.

Das Glück

Dem Kruzifixus gegenüber streichen wir unsere Brote. Der Tisch, an dem wir sitzen, ist für zwölf Schülerinnen gedacht. Zehn fehlen, sie haben den Speisesaal bereits verlassen.

In der Mitte des Tisches steht eine hölzerne Kiste, eine ehemalige Schmalzkiste, die mit blauem Packpapier ausgelegt wurde. In der Kiste befindet sich Zukost: Margarine, Wurst, Marmelade.

Jede Schachtel, jede Dose, jedes Glas ist mit einer Nummer versehen. Ich habe 122. Unter dieser Nummer kann man bei Brandgefahr die Feuerwehr rufen.

Wir essen. Milla ist beim fünften Brot, ich bin beim sechsten. Margarine – Marmelade. Wir halten ein Fest. Natürlich haben wir nicht vergessen, daß Freitag ist, wir essen weder Wurst noch Fleisch. Wir feiern, um die Gerechtigkeit auszugleichen. Es ist uns verboten worden, am Wochenende zu den Eltern nach Hause zu fahren. Man hat uns dabei ertappt, wie wir abends im Schlafsaal Geschichten erzählten, als das Licht nicht mehr brannte. Zu gewissen Zeiten ist es verboten, Geschichten zu erzählen – und die Nacht ist eine gewisse Zeit. Sie beginnt mit dem Löschen des Lichts um 21 Uhr und endet mit dem Wecken um 6 Uhr 30. Wir haben zu dieser gewissen Zeit schon oft Geschichten erzählt, auch gewisse Geschichten. Sr. Assunta weiß das. Sie sitzt auf ihrem Stuhl hinter der Glastür und hört zu, mit gehobenen Haubenflügeln, den Rosenkranz ums Gelenk geschlungen. Bei den gewissen Geschichten steht Sr. Assunta auf, wandelt den Gang entlang, das offene Brevier vor sich hinhaltend, wie eine Suppenterrine, ein Fest des Glaubens, gefestigt im Glauben, fest in dem Glauben, es würde uns vergeben werden, wie auch sie uns vergab, was uns nicht zukam. Wie reich wir doch waren an allem, was vor uns lag, und sie kannte kein Reich außer dem, das in ihr war, und jenem, in das man eingehen sollte, denn das, in dem sie lebte, war kein Reich mehr, und das Reich der Vergangenheit hatte sie ausgetragen aus ihrem Gedächtnis. Wenn dereinst der Tod käme, würde auch sie reich sein, die arm war an täglicher Freude und viel Willen an sich hatte geschehen lassen. Also wollte sie ihrer Schuldiger Schuld nicht vermehrt wissen, auf daß sie nicht in Versuchung und andere Übel fiele, aus denen sie erst erlöst werden müßte, in der Stunde ihres Ausder-Welt-Gehens.

Es war Sr. Theodora, die uns ertappt hatte, während Sr. Assunta an Exerzitien teilnahm und also gar nicht da war. Wir stellten uns alle schlafend, und als das nichts half, meldete sich eine von uns freiwillig, aber auch das half nichts. Sr. Theodora fragte, ob da jemand wäre, der nicht zugehört hätte, und das getraute sich denn doch niemand zu behaupten. Wir sollten gemeinsam bestraft werden, wir würden schon sehen wie. So erfuhren wir, daß wir am nächsten Wochenende, das für einen Besuch bei den Eltern vorgesehen war, nicht nach Hause fahren durften. Da wollten dann einige doch nicht hingehört haben und behaupteten, sie hätten alles verschlafen, auch daß wir ertappt worden wären. Aber beweisen konnte es niemand.

Wir essen. Biß um Biß dringen unsere Zähne ins Brot, kauen und zermahlen es zu einem Brei, den wir in regelmäßigen Abständen hinunterschlukken. Dazwischen trinken wir Tee – Kamillen-, Hagebutten-, Lindenblütentee – aus den bereitstehenden Gläsern.

Der Geschmack wird immer stärker. Margarine, Brot und Marmelade werden zu einem, die verschiedenen Bestandteile lassen sich nicht mehr voneinander abschmecken. Immer fester drücken wir mit der Zunge an den Gaumen, damit der Geschmack sich im ganzen Mund ausbreiten kann. Wenn wir während des Essens sprechen, geschieht dies nur, um den Geschmack nicht stumpf werden zu lassen. Unsere Mägen schwellen unter den Schürzen, die zu tragen man uns anhält. Es fällt uns langsam schwer, Atem zu holen. Weder zu Mittag noch am Abend essen wir auf diese Weise. Das Essen, das uns vorgesetzt wird, schmeckt uns nicht. Es ist ein Essen, von dem angenommen wird, daß wir es für unser Wachstum brauchen. Wenn die Präfektin, die mit der silbernen Tischglocke in der Hand an ihrem Pult sitzt, nicht zusieht, pflegen wir die vollen Teller übereinanderzustellen.

Nachmittags, zwischen vier und fünf, ist das anders. Die Zukost stammt nämlich aus Paketen, die wir von zu Hause bekommen. Sie werden vor den

Augen der Präfektin geöffnet. Ein Zehntel ihres Inhalts ist an ärmere Mitschülerinnen abzuführen, der gerechtfertigte eigene Anteil wird dann mit einer Nummer versehen und als Zukost freigegeben.

Nicht immer bereiten wir uns das Vergnügen zu essen. Es muß einen Grund dafür geben. Ein Mißgeschick zum Beispiel, das uns ereilt, veranlaßt uns zum Essen. Wenn wir wirklich essen, tun wir das, um glücklich zu werden. Das Glück, das dabei entsteht, kann auf bestimmte, uns bekannte Weise erreicht werden. Dies ist eine Sache, die einen vergleichsmäßig geringen Aufwand erfordert, um Erfolg zu haben. Ein sicheres Glück, das wir uns in traurigen Zeiten nicht vorenthalten. Seine Folgen, wenn es welche hat, sind zwar unerfreulich, aber bei welchem Glück fragt man schon nach den Folgen. Wir essen, solange es Brot in den Körben gibt.

Wenn alles gutgeht, kommt die Präfektin erst kurz vor fünf ein zweites Mal in den Speisesaal, um nachzusehen, ob wir ihn wohl alle schon längst verlassen hätten.

Das Wesen der Gemeinschaft

Die Schlafsäle des Abends: bis um neun darf Licht brennen, das Licht, das den Augen nicht guttut. Der Schlaf vor Mitternacht ist der gesündeste. Wer früh schlafen geht, kann auch früh aufstehen. Und der Schlaf ist wichtig, er stärkt die Glieder, er hilft dem Geist auf die Beine, er hat sich noch immer bewährt. Am besten schläft, wer seine Sünden gebeichtet und seine Buße verrichtet hat. Die Abendandacht findet nach dem Abendessen in der Kapelle statt. Wenn das Licht gelöscht ist und alle im Bett liegen, betet noch jede für sich im stillen zu ihrem Schutzengel. Wer dann noch nicht schlafen kann, hat eine Krankheit oder ein schlechtes Gewissen.

Manchmal geht nachts der Satan um. Er kann jede beliebige Gestalt annehmen, auch die der Schwestern. Von Gang zu Gang, von Saal zu Saal, von Bett zu Bett ist sein Schritt hörbar. Tack, tack, tack, tack – wie der Holzwurm, doch wir liegen in Eisenbetten. Er gießt siedendes Lügenwachs in die Ohren. Das merkt man nicht und verschläft sich am Morgen. Wer ihn hört, kann das Fürchten lernen; man schwitzt und hat einen Stein auf der Brust. Von den Träumen ganz zu schweigen.

Solange Licht brennt, kommen wir unserer Pflicht nach:

Dienstags und donnerstags waschen wir unsere Füße im Keller. Das Wasser dampft und ist so heiß, als sollte ein Huhn gebrüht werden. Die Schwester, die es austeilt, hat die Ärmel der Kutte aufgekrempelt. Wer sich die Füße nicht wäscht, stinkt und wird aufgeschrieben. Wozu ist das heiße Wasser denn da? Viele wären froh, wenn sie nach dem langen Tag die Füße so einfach ins Schaff stecken könnten. Und Reinlichkeit ist eine Sache des Anstands.

Wer seine Schuhe noch nicht geputzt hat, muß ebenfalls in den Keller. Dort kann er stauben, soviel er will, nur Lärm darf keiner entstehen. Die Schuhe haben zu glänzen wie ein Stück Speckschwarte, das gehört sich.

Die Kästen, Garderoben und Nachttischladen werden einmal in der Woche kontrolliert, allerdings an verschiedenen, nicht vorherbestimmbaren Tagen. Wir haben dafür ordnungsgemäß Zettel angebracht, in deren Feldern wir römische oder arabische Ziffern vorfinden, die den Grad unserer Ordentlichkeit bestimmen.

An der Tür zum Schlafsaal hängt eine Namensliste. Wer bei unerlaubtem Schwätzen ertappt wird, erhält einen Verweis in Form eines schwarzen Punktes. Drei schwarze Punkte machen das Maß voll, man darf mit einer empfindlichen Strafe rechnen.

Wer an Gesicht, Hals oder Händen noch den Schmutz des Tages hat, holt seine Waschschüssel unter dem Nachttisch hervor und läuft damit in den Waschsaal. Es sind zwölf Öffnungen in den Waschtisch eingeschnitten, wir aber sind über dreißig Schülerinnen im Parterre. Die beim ersten Anlauf keinen Platz finden, warten mit der

Schüssel in der Hand neben dem Klo, bis sie an die Reihe kommen. Das Wasser, es gibt nur kaltes, holen wir vom Waschbecken im Gang. Spritzen ist untersagt.

Mädchen, die glauben, sie seien etwas Besseres gewöhnt, bringen sich in einer Wärmflasche warmes Wasser aus der Küche im Schulgebäude mit. Die meisten verzichten aber auf diese Annehmlichkeit. Die Abhärtung ist jener Teil der Erziehung, der uns nach Kräften selbst obliegt. Denn abgesehen von der Mühe, die es macht, sich über die Gebühr zu verwöhnen, wird dadurch auch einer gewissen Nachgiebigkeit den Bedürfnissen unseres bloßen Leibes gegenüber stattgegeben, die uns noch ganz zu seinen Sklaven macht. Enthält man sich dessen, wächst die Disziplin und der starke Wille, den wir neben dem guten noch haben sollen: denn dieser allein ist schwach.

Es ist ungleich leichter, den guten Willen zu haben, sich auch dann, wenn man nicht dazu aufgefordert wird, die Nägel zu reinigen, als den starken, dies täglich zu tun. Dadurch aber, daß man es täglich tut, wird es zur Gewohnheit. Der starke Wille kann dann für etwas anderes aufgewendet werden. Man kann nie genug gute Gewohnheiten haben. Die schlechten stellen sich von selbst ein. Um sie loszuwerden, ist mehr starker Willen nötig, als um gute zu erwerben. Wie es auch schwieriger ist, eine schlechte Tat zu unterlassen, als eine gute zu tun. So hat alles sein Gleichnis.

Es ist schwerer, kein schlechter Mensch zu sein, wenn man ein solcher wäre, als ein guter, wenn man einer ist. Das Gute wollen und es nicht tun, ist keine Sache, wer will aber schon das Böse? Wer das tut, begeht die Sünde wider den Geist. An dem kann der Teufel seine Freude haben. So dumm ist aber niemand, und wenn, dann sieht es vielleicht nur so aus. Es muß aber auch solche Menschen geben, sonst wäre gar kein Unterschied. Beichten kann man immer, wenn man in der Gnade ist. Einer, der nicht darin ist, hat jedoch die Möglichkeit, in sie zu kommen. Wenn das geschieht, hat er gewonnen, und wenn er will, kann er selig werden.

Der Schlafsaal könnte ein angenehmer Ort sein. Daß er es nicht oder nicht immer ist, hat seinen Grund darin, daß wir meist still sein müssen. Solange Licht brennt, ist uns erlaubt zu reden, doch wird diese Erlaubnis sofort rückgängig gemacht, wenn unser Reden über den Gang hinaus zu hören ist. Das ist der Fall, wenn die Hälfte von uns, das heißt je eine mit ihrer Nachbarin, spricht. Die Schlafsaalschwester tritt dann herein und gebietet uns mit der Hand zu schweigen.

Wird das Schweigen gebrochen, können wir etwas erleben.

Welche Strafe uns erwartet, hängt vom Ausmaß unseres Ungehorsams ab. Im Gegensatz zum ‚Einer für alle‘ der Heilsgeschichte gilt dabei ‚Alle für einen‘.

Wenn wir bestraft worden sind und der Fall für die Präfektin, der er unterbreitet wird, erledigt ist, gehen wir selbst ans Werk. Diejenige, die die Strafe ausgelöst hat, erhält einen Denkzettel. Das muß sein, wo bliebe sonst die Gerechtigkeit. Ist diejenige aber eine Klassenführerin oder ein Mädchen, das sehr beliebt ist, werden ihre Anhängerinnen versuchen, Unruhe zu stiften, und wir geraten uns in die Haare. Das geht bald vorbei. Manchmal bleibt jedoch die Spaltung in zwei oder mehrere Parteien bestehen. Solche Zeiten sind die schlechtesten, denn sie bieten der jeweiligen Aufsicht unzählige Gelegenheiten, gegen uns vorzugehen. Es werden dann so viele Strafen über uns verhängt, daß das System in Verwirrung gerät und niemand mehr eine rechte Freude daran hat. Die Versöhnung wird unvermeidlich – wie kurz sie auch dauern mag –, denn die Furcht verbindet. Meistens ziehen wir uns dabei eine neue Strafe zu, da die Versöhnung einer Feier gleichkommt und dabei am ehesten Lärm entsteht. Fällt die Strafe glimpflich aus, bleibt die Versöhnung aufrecht und die Einheit gewahrt. Andernfalls fängt alles von vorne an.

Der Schlafsaal ist der Ort, an dem wir die Nacht verbringen. Wo wir lachen, wenn es einen Anlaß gibt – mit vorgehaltener Hand, den Umständen entsprechend –, und wo wir weinen, wenn es sein muß – wenn wir glauben, daß alle anderen schlafen. Es ist der Ort, an dem wir Erinnerungsstücke an die Zeit zuvor aufbewahren: Puppen, Papierblumen, Ohrringe mit einem blauen oder roten Stein, ein Hundehalsband, Bilder von Eltern und Geschwistern, den eigenen Rosenkranz, das Taufmedaillon, die Erstkommunionkerze, gepreßte Ahornfinger, das Stammbuch und die Schokoladen, die wir von zu Hause bekommen und die wir in unseren Nachttischladen versteckt halten,

um sie nachts in Ruhe aufzuessen, was aber
schlecht für die Zähne ist. Im Schlafsaal denken
wir am häufigsten an zu Hause, aber genauso
häufig wird uns dabei zu Bewußtsein gebracht,
daß wir nicht zu Hause sind.

Wir haben Rücksicht zu nehmen, auf den Nächsten, auf die anderen, auf die Gemeinschaft. Wir
können froh sein, daß wir in so guten Händen
sind. Man wird etwas aus uns machen. Wenn wir
von hier weggehen, werden uns alle Türen geöffnet, und wir werden überall gern gesehen sein.
Die Schule hat den besten Ruf, und unsere erste
Aufgabe ist es, diesen nicht zu beflecken. Wir
haben kein Recht dazu, denn auch für uns ist ge-
sorgt worden. Für unseren Leib, für unseren
Geist und vor allem für unsere Seele. Wir sind
zu Dank verpflichtet, sowohl für die Güte als auch
für die Strenge, denn was an uns geschieht, ist
an zahllosen Generationen geschehen, und allen
ist es schließlich zugute gekommen. Niemand hat
Schaden genommen, die meisten konnten es zu
etwas bringen. Die Methode bewährt sich, das
werden auch wir noch einsehen. Wir sind weder
die ersten noch die letzten: lauter brauchbare
Leute; der beste Beweis dafür ist das Leben. Auf
Menschen wie uns ist die Welt angewiesen. Wer
behielte sonst in dieser schwer bedrohten Zeit
den Kopf oben? Fest im Glauben, aber auch gefestigt im Wissen werden wir unseren Weg gehen. Uns wird sobald keiner etwas vormachen
können. Bescheiden im Herzen, aber mit der
Sicherheit derer, denen das Bestmögliche mitge-
geben wurde, werden wir uns immer zu behaup-

ten wissen. Persönlich bedürfnislos, werden wir – so Gott will – doch vieles zu unserer Verfügung haben. Wir werden mit denen, die dies verdienen, teilen und für diejenigen, die ohne Hoffnung sind, beten. Hinter uns wird unsere Mutter, die Kirche, und über uns der allmächtige Vater, Gott, stehen, und es gibt nichts, was wir mit solcher Hilfe nicht zu meistern imstande wären. Was ein Häkchen werden will, krümmt sich beizeiten. Zu leugnen, daß dies mit mancherlei Schmerz verbunden sei, steht in niemandes Absicht. Wir werden an unseren Kindern nicht anders handeln, so wir nicht abtrünnig werden und vergessen, woher wir kommen. Wer die Gefahr sucht, kommt darin um. Wir sollen daher stets den Umgang mit unseresgleichen pflegen, auf daß wir nie den Schutz der Gemeinschaft, deren Glied wir sind, verlieren. Es kommt auf alle an, denn auch in der Zahl liegt eine Stärke. Nicht umsonst heißt Christus der gute Hirte. Wer bei der Herde bleibt, ist sicher. Niemand kann ihm etwas anhaben. Ist der Hirt der beste, muß auch die Herde es sein. Also werden wir alle auf unserem Platz stehen.

Wenn man vergessen hat, die Schuhe zu putzen, kann es geschehen, daß man um Mitternacht aus dem Schlaf gerissen wird und diese Arbeit allein und im kalten Keller auf das sorgfältigste nachzuholen hat. Läßt man sich andere Verstöße gegen die allgemeine Ordnung zuschulden kommen, ist es nicht ausgeschlossen, daß man nachts im finsteren Teil des Ganges zu knien hat, bis die Schlafsaalschwester auf dem nächsten Rundgang einem erlaubt, ins Bett zurückzukehren. Es ist aber auch durchaus möglich, daß die Schlafsaalschwester keinen Rundgang mehr macht und man irgendwann zitternd vor Kälte auf dem Fußboden erwacht und sich vor den Schatten der Gobelins ängstigt, die noch aus der Zeit stammen, als das Haus ein herrschaftliches war, und nicht weiß, ob man sich durch den dunklen Gang schleichen oder gleich hier sterben soll.

Wer beim ersten Wecken, nachdem er die Glocke gehört hat und mit Weihwasser besprengt worden ist, nicht aus dem Bett springt, wird beim zweiten Wecken mitsamt der Matratze herausgehoben und fallen gelassen, was einen, da das Bett sorgfältig errichtet und nicht bloß gemacht werden soll, daran hindern kann, pünktlich zum Morgengebet in der Halle zu sein, was wiederum zur Folge hat, daß die ganze Klasse nicht rechtzeitig zum Frühstück ins Schulgebäude kommt, weshalb man sich womöglich beim Unterricht verspätet. Damit ist bewiesen, daß die geringste Saumseligkeit nicht bloß für den, der sie begangen, sondern für alle von Übel sein kann.

Antonius und Kleopatra

Das spielt sich folgendermaßen ab:

Wir gehen in die Buchenlaube, am Nachmittag zwischen vier und fünf oder am Sonntag während der Spielzeit. Es steht ein Tisch drinnen, mit einer Öffnung in der Mitte, und aus der Öffnung wächst ein Baum, eine Buche. Die Hecke, aus der die Laube besteht, ist ziemlich dicht, doch kann man hindurchsehen, wenn man sich Mühe gibt.

Wir sind also zu dritt und setzen uns auf den Tisch, spähen kurz, aber gründlich durch die Hecke – wenn jemand in der Nähe ist, warten wir noch ab – und fangen erst an, wenn wir sicher sind. Christa trägt eine verchromte Sportuhr am Arm, die ist viel schöner als eine Firmungsuhr, da muß sie sehr achtgeben drauf. Sie schaut schon auf die Uhr – auch wenn es noch gar nicht nötig ist –, während Milla und ich unsere Vorbereitungen treffen. Wir rücken ganz eng zusammen, legen je eine Hand auf den Stamm der Buche, wobei die von Milla auf der meinen zu liegen kommt, was ich in der Ordnung finde, schließlich ist sie der Mann. Dann spreizt Christa mit Daumen und Zeigefinger der rechten Hand die Lider ihres rechten Augs auseinander und schreit: los! Da stößt Millas Mund auf den meinen nieder. Ihre Nase bohrt sich in meine Wange, meine Nase bohrt sich in ihre Wange. Mit der Zunge verursachen wir Geräusche, die wie ein

Schmatzen klingen. Christa zählt laut vor sich hin, während wir beide mit den Köpfen hin- und herschieben, um besser ineinander einzudringen.

Manchmal ruft Christa: Nasen freihalten, oder: Hände am Baum lassen! oder: Wetzt nicht so herum!

Spannend wird es erst, wenn Christa mit dem Zählen bei sechzig angelangt ist, dann geht es darum, den Rekord zu brechen.

Milla ist ziemlich grob. Ihre Leidenschaftlichkeit sperrt mir den Atem ab, und wie oft wir es ihr auch sagen mögen, sie glaubt, mit Gewalt geht alles.

Im allgemeinen bleibt mir zuerst die Luft weg. Dann greife ich nach Millas Hals und beginne sie zu würgen, damit sie endlich aufhört. Die Zeiten werden in eine Liste eingetragen, die zu führen und vor den Blicken Neugieriger zu schützen Christa auf sich genommen hat, zum Spiel selbst taugt sie ganz und gar nicht. Nach und nach werden wir enorme Übung bekommen. Es wird den Tag geben, an dem wir die Zahl Hundert hinter uns lassen. Dann sind wir nicht mehr zu schlagen.

Die anderen spielen gerade Völkerball, man kann die Bälle aufschlagen hören. Wir haben uns abgesondert und sind zu dritt in die Buchenlaube gegangen, Christa, Milla und ich.

Es fängt schlecht an. Gleich beim erstenmal habe ich mir einen Splitter eingezogen. Aber Christa sagt, ein Splitter ist nur ein Splitter und mach keinen Balken daraus. Also bin ich still. Ein Unglück kommt selten allein.

Milla will nicht und nicht aufhören, als mir die Luft schon längst ausgegangen ist. Es hilft auch nicht, daß ich sie würge, sie spürt es kaum. Da beiße ich sie in die Lippe. Es ist gar nicht arg, nur ein paar Tropfen Blut kommen, und wir lachen alle darüber, bis uns das Lachen vergeht.

Wir haben wie immer durch die Hecke gespäht und dabei Sr. Theodora gesehen, die im Rosengang auf und ab schritt. Sie hielt ein schwarzes Brevier in Händen. Schwarz waren auch ihre Kutte, ihre Strümpfe und Schuhe, desgleichen der Beutel, den sie überm Arm trug. Sie sah aus wie die Spinnerin des hl. Franziskus. Sie schien uns weit genug, und so haben wir sie ganz vergessen. Sr. Theodora muß sich angeschlichen und uns eine Weile belauscht, ja sogar zugesehen haben, denn als sie vor uns steht, macht sie ein Gesicht, als wüßte sie Bescheid.

Aufstehen, ruft sie mit verstellt freundlicher Stimme. Und nicht genug, daß sie außen ganz schwarz ist, bis auf die weiße Leinenversteifung um Kopf und Kragen, es stellt sich, als sie den Mund auftut, heraus, daß auch die Plomben ihrer Zähne schwarz geworden sind. Sie starrt auf Millas Mund, und wenn sie auch so tut, als würde sie zu uns allen sprechen, steht außer Zweifel, daß sie einzig und allein zu Milla spricht.

Ich habe euch schon öfter beobachtet, sagt sie, was wir ihr aber nicht abnehmen. Das hätten wir schließlich irgendeinmal merken müssen.

Habt ihr denn keine Scham?

Darauf wissen wir nichts zu sagen, denn was immer wir auch zur Antwort gäben, sie würde kein Wort davon glauben.

Dann droht sie uns mit Worten wie ‚es der Präfektin melden‘, wobei wir kaum mit der Wimper zucken. So geht die Sache eben ihren gewohnten Gang, ‚Strafe muß sein‘ oder so was Ähnliches, was wir ebenfalls erwartet haben. Neu ist uns nur, daß sie fragt, ob wir denn abwegig veranlagt wären, wobei mir sofort der Seitenweg zum Schwesternherz hinter der Lourdes-Grotte vorbei, zu unserem Versteck, einfällt.

Du blutest ja, sagt die Theodora dann plötzlich und geht auf Milla zu. Das haben wir alle, einschließlich Milla, längst schon vergessen. Sie aber nimmt den einen Arm aus dem Ärmel des anderen und greift Milla – auch die Ränder ihrer Nägel sind schwarz – auf den Mund.

Da, schau dich an, sagt sie und nimmt ihren Finger, der nun auch voll Blut ist, von Millas Mund und hält ihn ihr hin.

Du blutest ja wirklich, diesmal flüstert die Theodora bereits, und Milla nickt bloß, ihr bleibt ja doch keine Wahl mehr. Komm, sagt die Theodora und geht Milla voraus aus der Buchenlaube. Für uns hat sie keinen Blick mehr.

Religionsunterricht

Dem Herzen Jesu zuliebe:

Zähneputzen.

Sich den Hals waschen.

Jeden Freitag eine frische Schürze umbinden.

An jedem Herz-Jesu-Freitag die Frühmesse besuchen.

Am zweiten Freitag nach Fronleichnam das Herz-Jesu-Fest würdig begehen.

Das Herz Jesu in sich und sich im Herzen Jesu sein lassen.

Zu vielen Zeiten eine Andacht zum Herzen Jesu verrichten.

Glauben, daß das Herz Jesu das Herz Jesu ist.

Das Herz Jesu in vielerlei Gestalt verehren.

Ein Heiligenbild mit dem Bild des hl. Herzen Jesu bei sich tragen.

Vor der Herz-Jesu-Statue im zweiten Stock des Stiegenhauses, die das Herz Jesu, durchspalten von einer gelben Flamme, auf der Brust trägt, das Zeichen des hl. Kreuzes schlagen.

Sich für jede gute Note eine Herz-Jesu-Marke kaufen.

Die Herz-Jesu-Marke auf eine Herz-Jesu-Karte kleben.

Die Herz-Jesu-Karte dem Herzen Jesu weihen und sie zur Freude der Eltern nach Hause schicken.

Dem Herzen Jesu jedmögliche Ehre erweisen.

Allein oder mit anderen.

In Worten und Werken.

Im geheimen und in der Welt.

Demut erwecken.

Die Liebe verrichten.

Den Zorn verhüten.

Genuß nicht im Unmaß genießen.

Auch bei Leibe keinen Schaden nehmen.

Die Geheimnisse des Schmerzhaften Rosenkranzes aufsagen.

Die Seele den Herrn hochpreisen und den Geist in Gott, unserem Herrn, frohlocken lassen.

Das Herz als siegreichstes, weisestes, erbarmungsreichstes, mitleidvollstes und mächtigstes ansehen.

Einen gerechtfertigten Zorn haben, wenn andere das Herz Jesu besudeln.

Zur Streitmacht des Herzen Jesu werden in dem Falle, wo andere sich gegen das Herz in Abwehr stellen.

Sich und das Seine dem Herzen Jesu darbringen, als würden wir schon immer die Seinen und das Unsere nicht mehr das Unsrige sein.

Und vor allem am ersten Sonntag im Juli das Fest des kostbaren Blutes nicht vergessen.

Herr, mit Deinem Blute hast Du uns erkauft!

Dieser Kaufpreis ist der höchste, der für uns erzielt wird.

Wir wollen nicht nachgeben in unserer Botmäßigkeit. Nichts schadet der Seele so sehr wie der Hochmut, der vor dem Fall kommt.

Frage:

Warum verehren wir das göttliche Herz Jesu?

Merksatz:

Als Sinnbild der Liebe des Erlösers verehren wir

das göttliche Herz Jesu.

Für mein Leben:

Die unendliche Liebe des Erlösers mahnt mich, folgsam zu sein.

Übung:

Erkläre, warum wir angehalten werden, zu beten:

Heiligstes Herz Jesu, Du Quellborn des Lebens und der Heiligkeit!

Daß Gott ist, erkennen wir aus der sichtbaren Welt und aus dem Gewissen, sagt Kreuzschnabel, die Hand als Faust über dem Katechismus. Denken wir darüber nach! Bedenkt, daß es euch bewiesen werden kann! Denkt euch Sätze aus, mit denen ihr den Satz vom ‚Gott ist‘ den Nichtgläubigen beweisen könnt!

Ich denke. Ich denke mir einen Ort. An dem Ort sind Berge. Höhere und niedrigere Berge. Ab einer gewissen Höhe sind die Berge kahl. Bis zu einer gewissen Höhe wachsen Bäume auf den Bergen. Die Berge gehen ineinander über und bilden eine Kette. Die Kette umgibt ein Dorf und einen See. Durch das Dorf führt eine Straße. Auf der Straße gehen Frauen mit Einkaufstaschen, an denen Hunde schnüffeln. Die Frauen drehen sich um und verscheuchen die Hunde. Zu beiden Seiten der Straße stehen Häuser. Die Mauern der Häuser sind weiß, ihre Dächer aus Holz oder Ziegeln. Aus den Dächern ragen mehrere Schornsteine. Alle Schornsteine rauchen.

Die Straße, die durch das Dorf führt, endet am Ufer des Sees. Ein Teil des Seeufers ist mit Schilf bewachsen. Im Schilf sind Kähne angepflockt. Die

Kähne bewegen sich im Wasser und erzeugen ein Geräusch, das wie Plätschern klingt. Die Wellen bewirken, daß die Kähne an ihren Ketten ziehen. Der Grund des Sees zwischen den Kähnen ist hellgrün. Es ist Schlamm da. Wenn man aus einem der Kähne durch die Oberfläche des Sees auf den Grund des Sees blickt, sieht man geöffnete Muscheln liegen, Steine mit Algenbehang, alte Konservenbüchsen, strunkartige Baumknorpel, einen Tennis-Schuh mit klaffender Zunge, zwei Teile eines vierteiligen Bilderrahmens und eine Weinflasche mit eingeschlagenem Boden, an deren Hals ein Stück Schnur befestigt ist, zum Pfrillenfangen.

Die Natur und unser Gewissen führen uns zu Gott.

Ich betrachte den See und das Ufer des Sees, die Bäume, deren Wurzeln ins Wasser reichen. Unter der dritten und längsten Wurzel befindet sich ein Nest von Ringelnattern. Die Ringelnattern sind harmlose Nattern – im Gegensatz zum Natterngezücht –, deren Berührung bloß einen Geruch hinterläßt. Die Nattern haben sich an die Kinder gewöhnt, wie die Kinder sich an die Nattern gewöhnt haben. Doch erschrecken die Kinder und die Nattern, wenn sie einander überraschend begegnen. Am Ufer steht ein Schnauzer. Er schüttelt Wasser aus seinem Fell, wobei es ihm die Lefzen hochschlägt. Speichel flappt zwischen seinen Zähnen hervor. Im Maul hält er einen Stein, den er von sich wirft und dem er nachläuft. Er fängt ihn mit den Vorderpfoten.

Gott ist allerorten.

Ich kann Ihn nicht sehen. Auch den Nöck sehe ich nicht. Ich weiß, wie der Nöck aussieht, aber man weiß nicht, wie Gott aussieht. Er sieht aus wie alles, doch sieht nichts aus wie Er. Wenn man will, bemerkt man Ihn gar nicht. Man muß glauben, daß Er da ist. Wenn Er nicht da ist, glaubt man nicht. Glauben ist ein intransitives Verbum.

Die Naturgesetze:
Gott übersieht auch nicht die unscheinbarsten Dinge in der Welt. Er hat in Seiner Weisheit und Allmacht die Welt nicht nur erschaffen, sondern Er erhält sie auch im Dasein. In der stofflichen Welt wirken Naturgesetze, die Gott gegeben hat. (Siehe Bohrsches Atommodell!)

Ich frage mein Gewissen:
Mein Gewissen antwortet nicht. Wie erkenne ich, daß Gott ist? Habe ich kein Gewissen? Doch jeder Mensch hat ein Gewissen, die Gottlosen auch, wie die Heiden. Oder ich weiß nicht, was das Gewissen ist.

Merksatz:
Das Gewissen ist die Fähigkeit, Gut und Böse zu unterscheiden, und der innere Antrieb, das Gute zu tun.

Gott ist der Antreiber. Ist das Gute in Gott, Gott, oder um Gott? Das Gute ist was?

Du bist gut, sagt meine Großmutter, du schmeißt das ganze Zeug einfach in die Ecke.

Ach wie gut, daß niemand weiß, was ich weiß.

Das Gute tun und das Böse leiden.

Zwischen Gut und gut ist ein Unterschied.

Gut und Blut verlieren.

Wie gut ist Kreuzschnabel?
Ist er gut, wenn er uns fragt, was gut ist?
Ich frage mein Gewissen:
Das Gewissen ist eine innere Stimme. Welche?
Beachte den Rat deines Schutzengels und verschließe dich den Einflüsterungen des Bösen Geistes!
Kreuzschnabel schluckt und blinzelt. Manchmal stottert er. Er ist länglich, aber kernig gewachsen. Die Mutter Oberin muß zu ihm aufsehen. Sein weiter, schwarzer Umhang flattert, wenn er von seinem Zimmer durch die Wendeltreppe zur Kapelle hinabsteigt. Wenn er durch den Gang läuft, wenn er sich im Schulhof eine Zigarette anzündet. Kreuzschnabel trägt eine Brille. Auch ihm wächst der Bart. Seine Fingernägel haben die Form eines Rechtecks und ragen über die Fingerkuppen. Seine Daumen sind nach außen durchgebogen, als würde er hinter sich zeigen. Auf das, was nachkommt.
Du lieber Gott! Wie lieb ist Gott? Gott muß man lieben! Wie liebt man Gott? Man betet ihn an.
Man darf ,lieber Gott' nicht leichtsinnig sagen. Es ist eine läßliche Sünde. Ein ängstliches Gewissen hat, wer eine läßliche Sünde für eine schwere oder Todsünde hält. Wer eine Sünde begeht, wendet sich von Gott ab. Eine läßliche Sünde ist eine Gefahr für das Gnadenleben. Eine Todsünde ist, wenn man mit klarem Wissen und aus freiem Willen am Sonntag der hl. Messe nicht beiwohnt. Der Todsünder zieht sich die ewige Verdammnis zu. Die Hl. Jungfrau ist eine Für-

bitterin bei ihrem Sohn. Sie ist voller Liebe zu uns. Wie liebt Kreuzschnabel die Hl. Jungfrau? Wer weiß, wann uns der Tod ereilt. Trachtet daher, im Stande der heiligmachenden Gnade zu verharren.

Lasset uns zusammenkommen und beten!

Auf dem See schwimmt ein Kahn. Er hat den Schilfgürtel weit hinter sich gelassen. In der Oberfläche des Sees spiegeln sich Gewitterwolken. Der Jesusmann steht im Kahn und hebt seine Hände gegen den Himmel. Sein weißes Gewand fällt in Falten über den Gürtel. Er trägt keinen Bart, das wundert mich. Die Fische springen aus dem Wasser, wie sie es immer tun, wenn das Wetter umschlägt. Der Schaum der Wellen klatscht an den Kahn. Der Wind läßt das lange Haar des Jesusmannes im Wind flattern und hebt sein Gewand. Stöße von Wolken treiben aufeinander zu. Die Vögel werden in ihrem Flug beeinträchtigt. Die Bäume am Ufer verlieren Äste, die von der Flut abgetrieben werden. Das Schilf zischt über dem Wasser. Im Dorf trifft die Sturmwarnung ein. Der Kahn steht still.

Also lasset uns beten:

Es gibt Bittgebete, Dankgebete und Lobpreisungen, welch letztere am verdienstvollsten sind. Man kann Gott auf vielerlei Weise lobpreisen. Ein jeder in seiner eigenen Art oder auf die übliche Art und in Gemeinschaft. Wertvoller ist das ehrliche Gebet in Gemeinschaft. Es einigt die Herzen in Gott und stärkt sie. Die Anbetung gebührt nur Ihm. Beten kann ein jeder. Wer anbetet, ist in Gemeinschaft mit Gott. Es empfiehlt sich, an die Gemeinschaft der Heiligen zu glauben. Wer nicht betet, kommt aus der Gnade. Er wird am Jüngsten Tag keinen Fürsprecher finden. Gebete und fromme Andachtsübungen lassen uns Gott wohlgefällig erscheinen. Gesungene Gebete sind höchst wertvoll.

Denk dir eigene Gebete aus!

Das Fleisch und das Blut

Wir sollen uns nicht absondern, nicht einzeln und schon gar nicht zu zweit. Wer sich absondert, entbehrt des Schutzes der Gemeinschaft. Er gibt sich schlechten Gedanken hin oder führt etwas im Schilde. Wer sich absondert, stellt sich den Einflüsterungen des Bösen.

Der Leib des Menschen ist von Gott geschaffen und daher gut. Der Park, die Wege des Parks, unbegangen, unter Bäumen, unter Sträuchern, unterm (Holler-)Busch. Leer alles, der Nachmittag heiß und windstill, an der Lourdes-Grotte, im Schwesternherz, neben dem Rosengang, in der Buchenlaube, unterm Dach des Turnhauses, hinterm Waschhaus, im Schatten des lebenden Zauns, über den Ästen der Buchen. Der Duft alles Pflanzlichen.

Auch jene Kräfte und Organe, die der Zeugung des Menschen dienen, sind gottgewollt.

Vom Spielplatz her Pfeifen und Klatschen, die Stimmen der erhitzten Schülerinnen, unterbrochen von Ermahnungen der Aufsichtsperson. Aus den Musikzimmern das Geklimper der Übenden, aus dem Küchentrakt das Geklapper der Teller. Das Allgemeine des Hintergrunds.

Wer die Zeugungskraft mißbraucht, handelt unkeusch.

Gesumm der Schmeißfliegen über den Exkrementen eines Hundes. Schnecken kriechen über die

Rinde des Baumes und hinterlassen Spuren von Schleim. Ein großer grünleibiger Käfer bohrt sich ins Innere der Teerose. Die Vögel zerhacken ihre Würmer. Wer die Zeugungsorgane nicht leichtfertig entblößt, ansieht und berührt, ist schamhaft.

Blätter, die auf den Bäumen wachsen, Gras, das die Erde bedeckt, Fell, das den Leib überzieht. Der Panzer, der Schild, die Rüstung, die Schale, das Haar, das Gewand. Haut, Horn und Schuppen. Erlaubt ist, was dazu dient, den Körper rein und gesund zu erhalten.

Und wie oft im Gestrüpp, im Gesträuch, unterm Rosenbusch, unter Zier- und Nutzgewächsen, unter Bäumen, Ästen und Zweigen, im Schatten gestreift vom Licht, im Kühlen auf feuchten Blättern, Moos, Erde, Laub, ist die Rede zwischen zweien, die da kauern, verborgen im Versteck. Und niemand sucht sie, niemandem fällt es ein, sie zu suchen, es kommt niemand auf die Idee, daß immer wieder zwei hier kauern und einander erzählen, fragen oder vorlesen zum Beispiel:

Nach einiger Zeit warf die Frau seines Herrn ihre Augen auf Joseph und sprach: ‚Leg dich zu mir.‘ Er aber weigerte sich – ein schönes Spiel, das der und die oder der und der oder die und die oder du und ich gern spielen. Wenn nichts dazwischenkommt, sich nichts in den Weg stellt. Wenn weder Krankheit noch Abneigung oder dritte Personen, der ungünstige Ort, dies oder jenes es hindern, wenn nicht Strafe droht noch Pranger. Ja wann ist das schon.

Da ist reden besser, erzählen, lesen in Aufklärungsheften, in verbotenen Büchern, in der Bibel, die bestimmten Stellen, die interessanten Stellen, die bekannten Stellen, von Generation zu Generation weitergegeben. Wer liest schon die ganze Bibel, das ganze Alte Testament. Wir sind katholisch und verpflichtet, das Neue Testament zu kennen. Nur wer unbedingt muß, kann, soll und darf das Alte lesen. Darin steht geschrieben, nämlich vieles, nämlich alles, was dich, was mich interessieren kann, die gewissen Stellen. Wer sucht, der findet.

Und wieder die Frage gestellt, allen Ernstes, wer denn anfangen soll, diesmal und heute oder weitererzählen, fortfahren, da, wo unterbrochen wurde, hier, nein hier. Ich weiß es nicht, heute bist du dran. Nein du. Ich habe es letztesmal gemacht. Schön und gut, warum müssen wir streiten. Dann fang ich an. Nein ich. Wie du willst. Nein, wie du willst. Also:

Da wurde ich ihrer überdrüssig, wie ich ihrer Schwester überdrüssig geworden war. Denn sie trieb immerfort Unzucht, indem sie sich der Tage ihrer Jugend erinnerte, die sie im Lande Ägypten in Unzucht verbracht hatte. In wilder Begierde entbrannte sie nach Liebhabern, die in ihrer Gier wie Esel und Hengste sind. Du kehrtest wieder zurück, zum Laster deiner Jugend, als die Ägypter dir den Busen betasteten und deine jugendliche Brust berührten. Deshalb Aholiba, spricht Gott, der Herr, siehe, ich reize deine Liebhaber gegen dich, an denen sich deine Seele gesättigt hat, und ich will sie herbeiführen wider dich von allen Seiten.

Die gesättigte Seele, ein Vergleich. Aholiba, das ist Jerusalem. Ein Vergleich, wie er sich nicht besser wünschen läßt, für die Absicht, das Gefühl zu erwecken, auf das es ankommt, das angenehme Gefühl, ach Gott.

Stell dir vor, wie es war, stell es dir genau vor, mit allem, von den Söhnen und Töchtern der alten Juden, von den Söhnen und Töchtern der alten Ägypter, der Babylonier. Von ihren Prinzen und Prinzessinnen, ihren Sklaven und Sklavinnen, die halbnackt, glatt und braun von der Sonne, nichts anderes taten als das, und dazwischen aßen, pralle Früchte, Süßes, Nüsse, und dazwischen tranken, Wein und was sonst noch berauschend wirkt, wie sie nach einander faßten, griffen, sich zu Boden zerren ließen, auf die gebreiteten Felle hin, wie sie übereinander herfielen, sich die spärlichen Kleider vom Leib streiften, wie sie sich ineinanderschoben, miteinander rangen, einander bissen, preßten, erstickten, fest, dazu Musik, das Klirren von Schmuckstücken und der Wind, der vom Meer kommt oder von den Golfen, die Brise, die den seidenen Vorhang anhebt, hinter dem Wasser und Wohlgeruch warten.

Stell dir vor, wie es ist, wenn die Frauen es tun, unter sich, miteinander, zum Vergnügen. Ihre Männer sind fern, im Krieg, auf der Jagd. Sie haben Lust, die Frauen, die noch unverheirateten Töchter, die Sklavinnen und die Witwen. Es ist Sünde, doch ohne Gefahr. Man kann nie wissen. Es gibt Fälle, wo jede medizinische Weisheit versagt hat, und eintrat, was in diesem Fall ausgeschlossen ist, sonst aber sehr wahrscheinlich.

Was einen schreckt, zurückhält, hemmt und Ängste einjagt. Nur unter uns sind wir sicher, ganz sicher, sicher wovor, sicher, daß nichts passiert.

Und stell dir vor, wie es ist, wenn Männer es tun, miteinander, Knechte, Sklaven und Knaben, Masseure, Mundschenke. Und wie, was denn, und wie das vor sich geht. Ich hab es gelesen, nur find ich die Stelle nicht mehr. Und es steht geschrieben: Kein Tier darfst du beschlafen und dich so verunreinigen. Auch ein Weib darf sich nicht vor ein Tier hinstellen, um sich begatten zu lassen. Schwere Schandtat ist es.

Die Schandtat der Schandtaten. Das ist nicht normal. Da steht es. Wir haben zu Hause einen Hund gehabt, wir auch. Das gibt es gar nicht. Versuch es mit einem Stier, einem Schwan, einem Bären, wie in Sagen und Göttergeschichten. Was? Versuch es dir vorzustellen. Ich könnts nicht. Es ist alles möglich. Denk an das Fell, die Schnurrhaare, die rauhe Zunge, die sachten Tatzen. Vielleicht mit einem Tiger. Der hat einen Raubtiergeruch, der hat Raubtierkrallen und Raubtierzähne. Ich will nicht.

Dann stell dir vor, einen Vater mit seiner Tochter, eine Mutter mit ihrem Sohn, einen Bruder mit seiner Schwester. War alles schon da. Und ich dann mit deinem Bruder und du dann mit meinem Bruder. Ja, doch umgekehrt. Ich habe keinen Bruder. Stell es dir vor, führ es dir vor Augen. Es ist alles möglich. Wenn ich bloß einen hätte. Blutschande wiegt schwer. Denn so ist es. Gleich und gleich gesellt sich gern, das macht böses Blut, das fließt durch die Adern, unrein, vergiftet. Ich stelle es mir vor. Ein Vetter ist schon fast keine Sünde. Hätt ich bloß einen Bruder.

Das unreine Blut:

Wird ein Weib fließend und ist es der regelmäßige Blutfluß ihres Leibes, so bleibt sie sieben Tage lang in ihrer Unreinheit. Wer sie berührt, ist unrein bis zum Abend. Worauf immer sie sich während der Unreinheit legt, das ist unrein. Worauf immer sie sich setzt, das ist unrein. Wer immer ihr Lager berührt, hat seine Kleider zu waschen und sich im Wasser zu baden. Er ist unrein bis zum Abend. Wer irgendein Gerät berührt, worauf sie gesessen ist, der wasche seine Kleider und bade sich im Wasser. Er ist unrein bis zum Abend. Wer etwas auf dem Lager oder auf einem Gerät, worauf sie gesessen ist, berührt, der ist unrein bis zum Abend. Wohnt ihr jemand bei, so geht ihre Unreinheit auf ihn über. Sieben Tage ist er unrein. Auch jedes Lager, worauf er sich niederläßt, ist unrein.

Du bist unrein. Es steht geschrieben. Auch ich bin unrein. Du hast mich berührt. Was dann? Obwohl ich noch gar nicht unrein bin. Wir waschen uns täglich, besonders an den kritischen Stellen. Uns trifft die Schuld nicht. Wir sind beide unrein. Meine Mutter sagt, es sei anders. Die Natur hilft sich selbst. Das ist nicht normal. Sie aber sagt, es sei anders. Es ist alles möglich. Wir wären gar nicht unrein. Man kann nie wissen. Es ist natürlich, daß wir unrein werden, darum sind wir gar nicht unrein. Es sei denn in Geist und Gedanken.

Der Geist und das Fleisch

Nichts währt ewig, nicht wir noch die Welt. Dennoch muß Ordnung sein, in allem und jeglichem, im Großen wie im Kleinen, im Verstand und auch im Herzen.

Unsere Zeit ist wohl eingeteilt, und für unser Heil wird Sorge getragen. Keiner weiß, wo und wann es ihn trifft, also hat er allzeit bereit zu sein. Die beste Voraussetzung für das rechte Sterben ist ein rechtes Leben. Nur wer den Anforderungen, die von oben an ihn gestellt werden, entspricht, erwirbt ein Anrecht auf spätere Belohnung. Denn viele sind berufen, wenige aber auserwählt.

Zur Vollkommenheit helfen uns eifriges Gebet, andächtige Mitfeier der hl. Messe und Empfang der hl. Sakramente, Anhören der Predigt und Lesen der Hl. Schrift, tägliche Gewissenserforschung und Erweckung der guten Meinung, Selbstbeherrschung, Teilnahme an Exerzitien, Einkehrtagen und Volksmissionen.

Von Haus aus ist niemand vollkommen, doch sollte ein jeder auf seine Weise nach der Vollkommenheit streben, denn ob in Schule, Haus oder Garten, Gott sieht und hört alles, seinem Wissen bleibt nichts verborgen, seine Allmacht ist zu allem imstande.

Da aber keiner aus sich selbst etwas vermag, sind einem jeden Helfer beigegeben. Die unsichtbaren heißen Schutzengel, die sichtbaren sind die Eltern, die Erziehungsberechtigten und die Führer und Führerinnen der kath. Jungschar.

Es ist gut, wenn wir uns schon in kindlichem Alter an den Verrichtungen im Dienste der Religion beteiligen oder religiösen Vereinigungen angehören, auf daß wir viele Helfer auf unserem Wege finden.

Wenn viele das gleiche tun, wird das Ziel eher erreicht.

Auf ähnlichen Grundsätzen basiert auch das Schulwesen. Wer eine höhere Schule besucht, ist auch dem Höheren, das gleichzeitig das Erstrebenswertere ist, verpflichtet. Lehrer und Lehrerinnen sowie ältere Kameradinnen stehen dir hilfreich bei, du kannst dich getrost an sie wenden.

Getrachtet wird danach, daß die Erlangung der geistigen Reife innerhalb der vorgeschriebenen Zeit nicht nur den Ideal- sondern auch den Normalfall bedeutet. Ungute Elemente werden am besten schon zu Beginn ausgesondert, sie würden die übrigen bloß am Fortkommen hindern.

Ansonsten ist die höhere Schule einer Leiter vergleichbar, auf der Schüler und Schülerinnen, ihrem Verdienst entsprechend, emporsteigen. Es fördert den gesunden Wettbewerb, daß die Schülerinnen der höheren Klassen von denen der niedrigeren eine gewisse Achtung verlangen, während sie selbst mit einer gewissen Verachtung auf dieselben herabsehen. Aller Anfang ist schwer, und so ist auch der erste Schritt aufwärts der am heißesten ersehnte. Besteht doch erst danach die Möglichkeit, nicht nur etwas über sich, sondern auch etwas unter sich zu haben.

Die Klassen der sogenannten Unterstufe stehen einander mit offenem Mißtrauen gegenüber, die Enge der Beziehung läßt keinen Raum für die Großmut. Hingegen ist Toleranz, ja sogar Zuneigung zwischen Einzelpersonen der Unter- und Oberstufe an der Tagesordnung, da die Spannung – je größer der Abstand – verringert wird.

Verhältnisse dieser Art, die gerade noch als Ausnahmefälle gelten dürfen, werden von höherer Stelle zwar nicht gern gesehen, aber weitgehend geduldet.

Ober- und Unterstufe sind voneinander in allen wichtigen Lebensbereichen getrennt. Diese Trennung bezieht sich zuvörderst auf die Mahlzeiten, das Schlafen, das Studieren und den täglichen Spaziergang. Gemeinsam wird nur an den liturgischen Handlungen sowie an Festakten oder sonstigen Feierlichkeiten teilgenommen, die aber wenig Gelegenheit zu einer Annäherung bieten.

Meist sind es zufällige Begegnungen – bei Spiel und Sport –, bei denen sich Verhältnisse der angedeuteten Art anbahnen. Ein Reiz, der plötzlich ausgelöst wird, eine vielleicht unbeabsichtigte Berührung, ein schon gehörter Name, der sich mit einem Mal zu einer Gestalt mit Haut und Haar verdichtet, mögen zum Anlaß dienen, der wahre Grund sind sie nicht.

Ist der Anlaß nun also gegeben, setzt die Werbung ein, die sowohl einen gefühlsmäßigen als auch einen materiellen Aspekt hat. Der gefühlsmäßige äußert sich in Form von Erröten bei gelegentlichen Begegnungen, von offenen und versteckten Liebenswürdigkeiten, kleinen, unaufgefordert geleisteten Diensten und Handreichungen und der Herausforderung von Berührungen beim gemeinsamen Wandel in den Gängen.

Der materielle Aspekt tut sich in Form von kleinen Geschenken – Bonbons, Photos oder sonstige Andenken – kund, die meist heimlich, jedoch ohne einen Zweifel an ihrer Herkunft zu lassen, den Besitzer wechseln. Anfangs werden diese Liebesbeweise beharrlich zurückerstattet, später jedoch angenommen, was zu berechtigter Hoffnung Anlaß gibt.

Nimmt alles seinen gewohnten Lauf, wird die Werbung nach geraumer Zeit mit länger andauernden Gesprächen, die sich oft bis zur allgemeinen Nachtruhe fortsetzen, mit kleinen Gegengeschenken an Geburts- und Namenstagen und den großen Festen, sowie mit Begrüßungs-, Abschieds- und Gutenachtküssen belohnt.

Jedes Ding hat seinen Preis.

Ist die Neigung beidseitig, kann der Liebeshandel freudigen Gewinn zeitigen, ist sie nur auf der einen Seite vorhanden, besteht immerhin die Hoffnung, daß die erweckten Gefühle zu Nützlicherem sublimiert werden.

Im Glücksfall, das ist, wenn beide Seiten sich auf die übliche Weise verhalten, geben und nehmen, ohne die gesteckten Grenzen zu überschreiten, wiegen An- und Unannehmlichkeiten einander nach und nach auf, und sobald die Intensität der Bemühungen nachläßt, der Reiz abnimmt und die Neugier befriedigt ist, wird die Bindung auf wenig schmerzliche Weise – fast wie von selbst – gelöst, und die Beteiligten treten in die Allge-

meinverbindlichkeit ihres schulischen Aufgaben-
bereiches zurück.

In Fällen von gemeinschaftswidrigem Überhand-
nehmen der ein- oder gegenseitigen Zuneigung
greifen die Erziehungsberechtigten auf behut-
same, aber tatkräftige Art ein, kann doch in dieser Hinsicht nichts auf die Dauer verborgen bleiben. Man bringt die Beschuldigten zur Räson,
indem man die eine Schülerin – oder auch alle
beide – unter einem anderslautenden Vorwand
aus der Anstalt weist, damit das schlechte Beispiel nicht etwa um sich greift oder gar Schule
macht. Die Eltern erhalten natürlich rechtzeitig
eine Verständigung. Diese äußerste Konsequenz
wird aber nur gezogen, wenn die davon Betrof-
fenen auf mehrfaches vorheriges Verwarnen nicht
reagiert haben.

Als Verfallserscheinung gilt es hingegen, wenn
die umworbene Schülerin nicht wie üblich der
Oberstufe, sondern bloß einer höheren Klasse der
Unterstufe angehört oder wenn sich die Werbung
auf ein Mitglied des Lehrkörpers oder gar des
Ordens bezieht.

Erscheinungen dieser Art sind selten, treten aber
von Zeit zu Zeit auf. Sind beide Beteiligte nur
durch einen geringen Altersunterschied voneinander getrennt, führt diese Beziehung – fehlt ja
doch der nötige Respekt – zu öffentlichen Tände-
leien, die die Disziplin untergraben und eine Art
Günstlingswirtschaft bedingen, die besonders in
den Klassen der Unterstufe, der dort herrschen-
den Rivalität wegen, verpönt ist. Die Angelegen-
heit wird meist im internen Verfahren, durch ein

Klassengericht oder durch allgemeinen Boykott, aus der Welt geschafft.

Anders verhält es sich, wenn die umworbene Person dem Lehrkörper oder gar dem Orden angehört. Hierbei ist natürlich kaum mit einer Gegenneigung zu rechnen, und die verstörte Werbende läßt entweder bald von dem unsinnigen Begehren ab oder sie verfällt in eine Art Wahn, der sich auf die seltsamste Weise äußern kann. Glücklich ist dieser Zustand ganz und gar nicht, wenn auch ein unmittelbarer Affront aus pädagogischen Gründen vermieden wird und zeitweise zu nichts verpflichtende Gunstbezeigungen durchaus gewährt werden.

Hat sich eine aber einmal auf so etwas eingelassen, wird es ihr kaum möglich sein, in den zwar ebenfalls komplizierten, aber doch gewohnten Ablauf der Dinge zurückzufinden, und sie wird von den anderen meist als von Haus aus verschroben oder sonderbar veranlagt angesehen werden.

Der Lauf der Welt

Wie und wann es angefangen hat, kann ich dir nicht mit Bestimmtheit sagen. Vielleicht während der Zeit, als ich Tag für Tag um sechs Uhr aufgestanden bin, verstehst du, Tag für Tag um sechs Uhr, und das sechs Wochen lang, wenn nicht länger. Manchmal bin ich von vier Uhr an wach gelegen, um mich ja nicht zu verschlafen. Es war inzwischen fast Sommer geworden und hell draußen. Dann bin ich wiederum mit offenen Haaren in die Kirche gekommen oder ich hatte die Bluse verkehrt an. Dann haben sie mich hinausgeschickt und gesagt, ich müsse mich auch, äußerlich vorbereiten. Es läßt sich eigentlich nicht erklären, wie es kam. Etwas würde über mich hereinbrechen, dachte ich. Die Präfektin hatte mich zur Seite genommen, nach den Ferien – nicht gleich, erst ein paar Wochen nach Schulanfang –, und gefragt, ob da in den Ferien was gewesen wäre, ob mich wer angesprochen hätte, ich sei doch vom Land, und wenn Burschen und Mädchen so miteinander schwimmen gingen, im Teich oder in den Stauwässern, da könne schon etwas vorkommen, und ob ich denn standhaft geblieben sei. Ich könne mich ihr ruhig anvertrauen, und sollte schon etwas vorgefallen sein, müsse ich nur den ernsthaften Willen haben, es nie wieder zuzulassen. Dann wollte sie wissen, ob mich jemand nur berührt oder ob ich mich auch hätte küssen lassen. An das Schlimmste könne sie bei mir ja noch nicht glauben, aber rechnen müsse man heutzutage mit allem.

Ich habe widersprochen und gesagt, es war nichts – was hätte denn sein sollen –, und sie dabei angeschaut, daß sie rot geworden ist.

Und da war dann die Sache mit den Ministranten. Du erinnerst dich doch an den einen, nicht an den großen, sondern an den anderen, der einmal über den Altarschemel gestolpert ist und sich dabei den Fuß gebrochen hat. Er ist sogar mit dem Gipsfuß ministrieren gekommen.

Wir haben ihm nach der Frühmesse einen Brief übers Speisgitter geworfen, das heißt, ich habe ihm einen Brief übers Speisgitter geworfen, die anderen sind bloß mitgekommen, damit es nicht so auffällt. Es war ausgemacht, daß ich ihm schreibe, wir haben darum gelost. Und er hat mir den Brief zurückgegeben, so als wäre mir etwas aus der Hand gefallen. Stell dir vor, er hat ihn uns einfach übers Speisgitter zurückgereicht. Später fiel uns ein, daß die Theodora, die ja noch in der Kapelle war, es vom Chor aus hätte sehen können, und zum Frühstück sind wir natürlich auch zu spät gekommen.

Um das Maß vollzumachen, bin ich bald darauf bei Milla im Bett eingeschlafen, und du weißt ja, was das unter Umständen bedeuten kann. Wir hätten beide rausfliegen können, obwohl wir einander doch nur ausgefragt haben, für die Schularbeit am nächsten Tag, aber beweis das einmal. Als wir dann in der Früh aufwachten und das Malheur bemerkten, wußten wir nicht, ob uns die Schlafsaalschwester nicht schon gesehen hatte.

Immer sagt sie es einem ja nicht gleich.

Da habe ich dann das Gelübde gemacht: Wenn nichts von all dem herauskommt, gehe ich sechs Wochen lang jeden Tag in die Frühmesse. Es ist gar nichts passiert, und ich habe das Gelübde eingehalten, Tag für Tag. Sogar der Präfektin ist es aufgefallen, und sie hat mich wieder einmal zur Seite genommen und mich gefragt, ob es sehr schwerwiegend sei, was ich mir da abzubüßen vorgenommen hätte. Ich könne mich ihr ruhig anvertrauen. Ich habe widersprochen und gesagt, nein, aber mein Onkel sei plötzlich gestorben und ich wolle ihm einen vollkommenen Ablaß gewinnen. Da hat sie mir die Wangen gestreichelt und gesagt, ich sei ein gutes Kind, aber geglaubt hat sie mir bestimmt nicht.

Komisch ist bloß, daß ich in letzter Zeit überhaupt keine Visionen mehr habe. Auch nicht, wenn ich die ganze Messe hindurch knien bleibe. Mir zittern zwar noch die Gelenke, und auch die Hostie bewegt sich, wenn ich lange ins Licht schau, aber es ist nicht mehr wie bei den Maiandachten im Vorjahr. Mir knurrt sogar während der Wandlung der Magen, und einmal habe ich den Krampf bekommen.

Milla meint, ich solle zu Kreuzschnabel gehen und ihn fragen, warum ich keine Visionen mehr hätte, aber das will ich nicht, ist doch die Kirche sehr mißtrauisch, und Kreuzschnabel hat selbst gesagt, man müsse da vorsichtig sein, wisse doch niemand, wie sehr der Satan es gerade auf diesem Wege versuche, und die Kirche wäre die letzte, die sowas ohne die härteste und eingehendste

Prüfung hingehen lasse.

Ich finde, es kann nur zweierlei bedeuten, entweder ich habe mich früher getäuscht oder ich bin aus der Gnade gefallen. Und die Kirche würde meine Visionen ohnehin nie als wahr und geschehen anerkennen. Wozu also zu Kreuzschnabel gehen?

Und zum erstenmal habe ich auch eine Art Widerwillen gegen die zahllosen Gebete, die er mir zur Stärkung wider das Böse aufgeben würde. Die innere Stimme sagt mir, damit wäre es jetzt ohnehin vorbei, ob mit oder ohne Plus- und Bußgebete. Oder spricht etwa schon der Teufel aus mir?

Und ich bin überhaupt im Zweifel. Es heißt, daß dies gut sei. Wer viel zweifelt, glaubt viel. Und da wäre noch nichts verloren. Damit will ich dir natürlich nicht weismachen, daß ich nicht mehr glaube, so wie du. Etwas wird an dem Ganzen schon stimmen. Alles können sie nicht erfunden haben, denn aus nichts wird nichts, und da will ich lieber nicht dran rühren, denn was Gescheites kommt dabei sicher nicht heraus.

Nur das mit dem Gelübde will mir nicht mehr so recht eingehen. Es ist, als wäre mir jemand etwas schuldig. Als hätte ich einen zu hohen Preis für eine zu geringe Sache gezahlt. Oder das Ganze stimmt wirklich nicht – war in irgendeiner Weise umsonst oder nicht umsonst –, aber das tut ja dann nichts mehr zur Sache oder doch, ich weiß nicht.

Und darum schreibe ich dir zurück, obwohl sie es uns verboten haben, dir zurückzuschreiben. Aber ich habe einen Weg gefunden, den Brief hinauszubringen, ohne daß da jemand was merkt. Eine von den Externen wird ihn zur Post tragen, du weißt schon, wen ich meine, nur will ich den Namen nicht herschreiben, denn vielleicht fangen sie den Brief doch noch vorher ab.

Ich schlafe jetzt ruhiger, träume zwar noch immer sehr viel, aber meistens angenehm. Ich habe mich schon lang nicht mehr erbrochen. Es ist ein seltsames Gefühl, hier zu sein und doch nicht hier wie früher. Im übrigen ist ja alles wie sonst um diese Jahreszeit. Wir tragen die kurzärmligen Blusen, und nachts bleiben in den Schlafsälen die Fenster offen.

Dir geht es jetzt sicher gut, trotz allem. Vielleicht hätte ich mich damals auch trauen sollen. Es kommt doch nur darauf an, einmal den Mut zu haben, wenn es eine andere Möglichkeit gibt.

Nur gibt es für mich keine andere Möglichkeit. Wenn ich hier rausfliege, ist es mit der Schule vorbei, und ich kann sehen, wo ich bleibe. Du hast das Glück gehabt, daß an eurem Ort auch eine Schule ist.

Milla und ich sprechen oft darüber, wie es sein wird, wenn wir einmal nicht mehr hier sein müssen. Milla sagt immer, die Welt wird sich ändern. Ich aber sage, wir werden uns ändern. Wir werden kaum zu Besuch kommen, wie sehr wir es uns auch vorgenommen haben. Es wird uns einfach nicht mehr interessieren, was hier vorgeht. Und wenn wir dann zufällig doch vorbeikommen, wird Sr. Ami, unsere liebe Sr. Ami, gerade unterrichten, und wir werden keine Zeit haben, zu warten, bis sie ihre Stunde gehalten hat. Die Präfektin wird uns versichern, daß wir Engel gewesen wären, im Vergleich zu denen, die nach uns gekommen sind, und daß wir viel schlechter aussähen als damals, als wir noch ihrer Obhut anvertraut waren. Und Sr. Assunta wird uns ins Ohr wispern, daß es nie mehr so schöne Geschichten geben würde wie die, die wir ihr erzählt hätten, und daß sie noch immer für uns bete.

Wir werden ihnen sogar etwas mitgebracht haben – bloß der Theodora nicht –, obwohl wir wissen, daß sie die Blumen in die Kapelle stellen und daß Sr. Ami von Schokolade einen Ausschlag kriegt und die Präfektin die ihre an die Kinder weiterverkauft, am Sonntag bei ihrem Stand im kleinen Studiersaal. Und sie werden uns ganz menschlich erscheinen, weil wir sie nichts mehr angehen.

Bis dahin aber ist noch eine lange Zeit, in der sie uns zurechtbiegen werden – wer sein Kind liebt, der züchtigt es –, in der sie uns die Flausen austreiben und das Aufmucken abgewöhnen werden. Jedermann sei der Obrigkeit untertan! Denn es gibt keine Gewalt, die nicht von Gott stammt. Wo immer eine besteht, ist sie von Gott angeordnet. Wer sich also gegen die Obrigkeit auflehnt, lehnt sich gegen die Anordnung Gottes auf! Und zeigt uns nicht unser kath. Glaube den Sinn und das Ziel des Lebens, denn er allein macht selig, und darin ist doch alles enthalten usw.

Du sagst also, daß du nicht mehr glaubst. Ich frage mich nur, wie machst du das? Hast du nicht Angst vor dem, was nachher kommt? Und tut es dir nicht manchmal leid? Und bist du sicher, daß du dich nicht irrst? Lourdes ist schließlich bewiesen und Fatima auch, und das Ganze hat ja doch irgendwie Hand und Fuß und ist nicht von ungefähr. Jetzt gibt es sogar ein Buch, das heißt ‚Und die Bibel hat doch recht ...‘. Und hast du etwa nie mehr Gewissensbisse? Und wenn du schon nicht glaubst, warum machst du dann nicht alles, ich meine wirklich alles? Warum gehst du nicht auf und davon, warum ziehst du dich nicht mitten auf der Straße nackt aus oder nimmst einfach, was du haben möchtest? Du wirst vielleicht sagen, daß dir gerade das keinen Spaß macht. Aber es muß doch etwas geben, was verboten ist und dir trotzdem Spaß machen würde. Warum tust du es dann nicht, oder tust du es?

Du mußt mir wieder schreiben. Du weißt schon, an welche Adresse. Und vor allem mußt du mir schreiben, ob du tust, was dir Spaß macht, und wenn du es nicht tust, warum du es nicht tust. Ich würde es ganz bestimmt tun, wenn ich frei wäre, so wie du.

Inhalt

BARBARA FRISCHMUTH
Hexenherz
Erzählungen

In diesen knappen Geschichten bündelt Barbara Frischmuth Erkenntnisse, Enttäuschungen und Verletzungen, aber natürlich kennt sie auch Abwehr- und Überlebensstrategien und erzählt ebenso von Leuten, die sich nicht unterkriegen lassen, sondern den Widrigkeiten des Lebens ihren Willen entgegensetzen. Wie etwa Sabina, das Mädchen in der Titelgeschichte. Sie hat eine Chance, ungeschoren davonzukommen, weil sie, als Ausweg aus ihren vielfältigen Ängsten, gelernt hat, zu sehen, was andere nicht sehen, Zusammenhänge zu erkennen, wo andere blind sind. Was wunder, wenn sie meint, ein Hexenherz wachse ihr zu, das sie befähigen könnte, das Leben zu bestehen.

Residenz Verlag

«Wenn man einem einzigen Menschen das Verdienst zuschreiben kann, die gegenwärtige internationale Frauenbewegung inspiriert zu haben, dann ist das Simone de Beauvoir.» *Gloria Steinem*

Das andere Geschlecht

Sitte und Sexus der Frau (rororo sachbuch 19319) Das berühmte Standardwerk in einer vollständigen Neuübersetzung. Die brillante Scharfsichtigkeit ihrer Analyse hat seit ihrem Erscheinen in den fünfziger Jahren nichts von ihrer Faszination und Aktualität eingebüßt.

Das Alter

(rororo sachbuch 17095) Simone de Beauvoirs Buch über das Alter ragt durch die einzigartige Fülle des Materials wie durch die Vielfalt neuer Einsichten und Perspektiven heraus. «Ein einzigartiges Dokument.» *L'Express*

Amerika Tag und Nacht

Reisetagebuch 1947 (rororo 12206) Eine glänzende, intime Reportage über das geistige Amerika.

Soll man de Sade verbrennen?

Drei Essays zur Moral des Existentialismus (rororo 15174) Simone de Beauvoir beweist sich nicht nur als geistreiche Schriftstellerin, sondern versteht es glänzend, der Kantischen und Hegelschen Philosophie neue Blickwinkel abzugewinnen.

Auge um Auge *Artikel zu Politik, Moral und Literatur 1945 – 1955* (rororo 13066) «Die Texte zeigen eine Essayistin mit scharfem Unterscheidungsvermögen, eine schlagfertige Polemikerin, eine Schriftstellerin, die entschlossen ist, nach einem Krieg, der alles in Frage gestellt hatte... Regeln und Grundlagen zu überprüfen.» *Die Zeit*

Simone de Beauvoir

mit Selbstzeugnissen und Bilddokumenten dargestellt von Christiane Zehl Romero (rowohlts bildmonographien 50260)

«Ich bin keine virtuose Schriftstellerin gewesen. Ich wollte mich existent machen für die anderen, indem ich ihnen auf unmittelbarste Weise mitteilte, wie ich mein eigenes Leben empfand: Das ist mir in etwa geglückt.»
Simone de Beauvoir

Kriegstagebuch *September 1939 – Januar 1941*
Herausgegeben von Sylvie Le Bon de Beauvoir.
Deutsch von Judith Klein
480 Seiten. Gebunden

Memoiren einer Tochter aus gutem Hause
(rororo 11066)

In den besten Jahren
(rororo 1112)
Simone de Beauvoirs Erinnerungen an jenes glückliche Dezennium, in dem sich die junge Lyzeal-Lehrerin mit Sartre befreundet und zur Schriftstellerin entfaltet.

Der Lauf der Dinge
(rororo 1250)
Die Beziehung und die Reisen mit Sartre, ihre Liebesaffäre mit dem amerikanischen Romancier Nelson Algren, ihre Freundschaften und Zerwürfnisse mit Camus, Koestler, Giacometti, Merleu-Ponty, Aaron – ein faszinierendes Zeitdokument über das Leben europäischer Intellektueller des 20. Jahrhunderts.

Alles in allem *Memoiren IV.*
rororo 1976
Freimütig und unerschrocken hält Simone de Beauvoir Rückschau auf ein Stück Lebens- und Zeitgeschichte: die sechziger Jahre.

Die Zeremonie des Abschieds und Gespräche mit Jean-Paul Sartre
(rororo 5747)

Claude Francis /
Fernande Gontier
Simone de Beauvoir
Die Biographie
(rororo 12442)

Axel Madsen
Jean-Paul Sartre und Simone de Beauvoir *Die Geschichte einer ungewöhnlichen Liebe*
(rororo 14921)
«Ein vielschichtiges, ungeheuer farbiges Bild dieser beispiellosen Beziehung, das sich liest wie ein fesselnder Roman.» *Darmstädter Echo*

Herausgegeben von Sylvie Le Bon de Beauvoir.
Deutsch von Judith Klein
Briefe an Sartre
Band 1. 1930 – 1939
528 Seiten. Gebunden
Band 2. 1940 – 1963
592 Seiten. Gebunden

Simone de Beauvor
Die Mandarins von Paris
Roman
(rororo 761)
Ein Schlüsselroman des intellektuellen Lebens im Paris der dreißiger und vierziger Jahre, in dessen Figuren wir Arthur Koestler, Jean-Paul Sartre, Albert Camus und Simone de Beauvoir selbst zu erkennen glauben – ein europäisches Zeitdokument voll immenser erzählerischer Kraft und schockierender Wahrheiten. Ausgezeichnet mit dem Prix Goncourt, der höchsten literarischen Ehrung Frankreichs.

Sie kam und blieb *Roman*
(rororo 1310)

Das Blut der anderen *Roman*
(rororo 545)
Simone de Beauvoir erzählt mit dramatischer Spannung über die Zeit der Résistance, in der die junge Intelligenz Frankreichs das Bewußtsein der Verantwortung für die anderen gewann.

Eine gebrochene Frau
(rororo 1489)
«Ich habe in diesem Buch drei Frauen sprechen lassen, die sich aus ausweglosen Situationen mit Worten zu befreien versuchten.»
Simone de Beauvoir

Alle Menschen sind sterblich
Roman
(rororo 1302)
Ein tiefgründig-phantasievoller, kulturgeschichtlich-farbiger und in seinen menschlichen Konflikten beeindruckender Roman.

Marcelle, Chantal, Lisa...
(rororo neue frau 4755)
Ihr «Gesellenstück» nannte Simone de Beauvoir den Roman über fünf Töchter aus gutem Hause – ihr erstes erzählerisches Werk, das sie jahrzehntelang unveröffentlicht aufbewahrte.

Die Welt der schönen Bilder
Roman
(rororo 1433)
Mit Schärfe und Ironie erzählt Simone de Beauvoir von der Gesellschaft der Neureichen, in der Gefühle zu Werbespots werden.

Ein sanfter Tod
(rororo 1016)
Mit äußerster Genauigkeit schildert Simone de Beauvoir das Sterben ihrer Mutter – und legt sich selbst Rechenschaft ab über ihr Verhältnis zu Leben und Tod.

Mißverständnisse an der Moskwa *Eine Erzählung*
(rororo 13597)
Bisher unveröffentlichte Erzählung aus dem Nachlaß Simone de Beauvoirs.

«Jenseits von Afrika», der Film nach ihrem 1940 erschienenen Roman «Afrika – dunkel lockende Welt», hat **Tania Blixen** weltberühmt gemacht. Geboren wurde die Dänin Karen Christence Dinesen 1885 auf dem Familienbesitz Rungstedlund. Mit ihrem Ehemann, dem schwedischen Baron Bror Blixen, ging sie 1914 nach Kenia. Dort verliebte sie sich in den gutaussehenden Denys Finch-Hatton – ihre große Liebe, die tragisch endete. In Afrika entdeckte sie auch ihr literarisches Talent und begann zu schreiben. Tania Blixen starb im September 1962.

Schicksalsanekdoten
Erzählungen
(rororo 15421)
«Es ist eine kleine Kostbarkeit, die dem Leser da an die Hand gegeben wird. Es ist eine Lektüre, wie man sie selten findet ...» *Stuttgarter Zeitung*

Schatten wandern übers Gras
(rororo 13029)

Wintergeschichten
(rororo 15951)
«Jeder dieser Menschen – und das ist überhaupt das zentrale Thema dieser Dichterin – lebt mit einer tiefen Sehnsucht im Herzen, die sich fast nie erfüllt; sie sind auf der Suche nach ihrem Schicksal, nach ihrer Bestimmung, sie haben den Wunsch, sich selbst zu leben ...» *Frankfurter Allgemeine Zeitung*

Motto meines Lebens *Betrachtungen aus drei Jahrzehnten*
(rororo 13190)

Briefe aus Afrika *1914 –1931*
Herausgegeben von Frans Lasson
(rororo 13224)

Judith Thurman
Tania Blixen *Ihr Leben und Werk*
(rororo 13007)
«Eines der besten Bücher der letzten Jahre.» *Time*

«**Tania Blixen** ist eine verdammt viel bessere Schriftstellerin als sämtliche Schweden, die den Nobelpreis je bekommen haben.» *Ernest Hemingway* anläßlich seiner eigenen Verleihung des Nobelpreises für Literatur 1954.